U0463045

很高兴遇见你

HEN GAOXING
YUJIAN NI

朱自清 等
著

密斯於
主编

长江出版传媒 | 崇文书局

图书在版编目（CIP）数据

很高兴遇见你 / 朱自清等著 ; 密斯於主编. -- 武汉 : 崇文书局, 2023.11
（经典名篇里的写作课）
ISBN 978-7-5403-7319-1

Ⅰ. ①很… Ⅱ. ①朱… ②密… Ⅲ. ①散文集－中国－现代②散文集－中国－当代 Ⅳ. ① I266

中国国家版本馆 CIP 数据核字 (2023) 第 186319 号

责任编辑　曹　程
责任印制　冯立慧
责任校对　董　颖

很高兴遇见你
Hen Gaoxing Yujian Ni

出版发行　长江出版传媒 | 崇文书局
地　　址　武汉市雄楚大街 268 号 C 座 11 层
电　　话　(027)87677133　邮政编码　430070
印　　刷　武汉新鸿业印务有限公司
开　　本　640mm×900mm　1/16
印　　张　13.5
字　　数　130 千
版　　次　2023 年 11 月第 1 版
印　　次　2023 年 11 月第 1 次印刷
定　　价　42.80 元

（如发现印装质量问题，影响阅读，由本社负责调换）

像作者一样读书，像大师那样写作

作为深耕阅读写作教育多年的老师，在各类讲座中，我最常被家长们问到的一个问题是："为什么我们家孩子读了很多书，却还是不会写作？"众所周知，阅读与写作是一对输入与输出的关系，然而，这种输入和输出并不是线性的，**不是书读得多，作文就一定写得好**。要想解决这个问题，我们就有必要深入探讨阅读与写作的关系，谈谈如何提升阅读品质，以及如何将阅读的输入成功转化为写作上的输出。

杜甫有句耳熟能详的名言，叫"读书破万卷，下笔如有神"。这句话对吗？对，也不对。放在杜甫生活的年代，大家捧读四书五经，胸罗万卷，所以能左右逢源而下笔有神。而且他们是读圣人之书，习圣人之理，写出来的文章自然也脱离不了圣人的那些套路。但是，放在现今这个信息过载，甚至是信息爆炸的年代，对这句话我们就要好好思辨一番了。面对着卷帙浩繁又良莠不齐的书山书海，我们到底应该读什么，怎么读，才能达

到下笔如有神的境界呢？

在西方写作教育学中，有一个堪称基石的方法论——“**像作者一样读书**”(Read Like a Writer)。如果孩子书读得不少，作文却不见长进，这正是解决这个问题的关键。像作者一样读书，对于我们大多数人来说，尚是个新鲜的概念。与之对应的，像读者一样读书，对于我们每位读者来说，则是自然不过的事情。我们在阅读课上引导大家边阅读边思考，讲授各种阅读策略，目的都是帮助大家更好地理解文本的内容。而像作者一样读书，则是从学习写作技巧的角度出发，我们的阅读方式就完全不同了，关注的不再是文本内容，而是文本的写作方法和表现形式，从文本的作者那里学习借鉴，并应用到自己的写作中去。荣获诺贝尔文学奖的美国作家威廉·福克纳也反复强调了从阅读中学习写作方法的重要性。他建议广大写作者，“阅读，阅读，阅读，并琢磨它们是怎么写的，就像是一个木匠去当学徒工，并向师傅学习”。像读者一样读书还是像作者一样读书，阅读的方式不同，获益自然也就大相径庭了。

以提升写作为目的的阅读，国内常规的认知是让学生摘抄好词好句。所谓好词好句，一般是指文字华美、修辞精巧和寓意深刻的词句。这些词句用得好，当然可以为作文加分，用得不当，则适得其反。古人讲“修辞立其诚”，写好作文，光有好词好句不行，还要讲究真情实感。鲁迅先生关于作文秘诀有四句箴言：“有真意，去粉饰，少做作，勿卖弄。”著名教育家叶圣陶先生主张，“直抒情感，了无隔阂；朴实说理，不生谬误”，说的也是这个道理。要做到这一点，光靠好词好句不行，还要有清晰的思维和精准的表达。倘若我们只满足于在阅读中摘抄好词好句，获得的只能是语言层面和知识层面的累积，然而仅凭这两点，远不足以支撑起写作的输出。

写作输出的关键在于写作思维和写作意识。例如，我们要有文体意识，不同文体的写作方法不同：叙述性写作是讲故事，要有时间、地点、人物，有起因、发展、高潮、结局；描述性写作则是用文字来描绘出画面，要通过看到、听到、尝到、闻到、摸到等感官细节让读者身临其境，感同身受。我们要有主题意识，要通过文章来表达观点。我们要有读者意识，要明确谁是我们的读者，我们这样写，读者能不能理解，会不会喜欢。我们要有剪裁意识，能根据主题对写作材料进行取舍。我们要有布局意识，要明白怎样写才能使文章结构清楚，条理分明，重点突出，详略得当。我们要有审

美意识，懂得怎样写才能让文章更具美感，更有可读性……而这些，都需要像作者一样读书，去分析拆解作者的写作运思与行文技巧，去感受领悟作者的铺排用意与精妙匠心。

为了满足学生们渴望通过阅读提升写作的诉求，针对读什么和怎么读的疑问，我们编撰了这套《经典名篇里的写作课》经典文丛，精选出四十余位百年华语文坛大师的百篇传世佳作，以此为蓝本，从选材立意、谋篇布局、提炼细节、斟酌词句四个维度进行拆析讲解，并且录制了十六节视频微课，深度引领大家像作者一样读书，像大师那样写作，源源不断地从阅读中获取深厚的写作滋养。

我在课上等你，让我们在大师的笔下相聚。

《经典名篇里的写作课》丛书主编　密斯於

缪斯读写系列课程主讲人

缪斯学院院长

中国写作学会作家

加拿大约克大学传播与文化硕士

目录

情感类作文怎么写？

亲情、友情、师生情，是作文常见的主题，也是在中高考作文中占比很大的命题类型。然而，同学们写情感类作文，往往虚假空洞、缺乏感染力。问题究竟出在哪里？怎样才能写出一篇优秀的情感类作文呢？

研读大师们笔下的情感类作品，你会发现，这类题材写作的关键其实在于对人物的塑造。因为情感是缥缈抽象的，作文中如果一味抒情就会流于空泛。**只有人物立住了，人物形象鲜明了，情感才有倾注的对象，情感的抒发也就有了依托。**

以刘墉先生《爸爸的画面》一文为例，作者精心描摹出9帧父亲的画面：①父亲是我的溜滑梯；②父亲的怀抱是我的游乐场；③父亲为我买纯丝汗衫；④父亲带我逛街买玩具；⑤父亲带我钓鱼；⑥父亲为我讲故事；⑦父亲为我买图书；⑧父亲手把手教我写字；⑨父亲为我“打蚊子”。这些都是作者记忆中关于父亲的清晰画面，一位宠儿子甚至宠到溺爱的慈父形象就在这些画面的层层铺排中生动丰盈起来，呼之欲出，而作者对于父亲的思念也通过这些细细密密的描摹跃然纸上，令人动容。

我们再来对比研读朱自清先生的《背影》。和《爸爸的画面》层层叠叠地铺排不同，《背影》是聚焦于一件事来写，记叙的是父亲送他到火车站、照料他上车并替他买橘子的情景。这不过是一件平凡事，却被作者表达得细腻动人，其原因也是胜在对人物的塑造。临行前父亲“再三嘱咐”和“踌躇”，送行时看行李、讲价钱、选座位，一一为孩子周详安排，去买橘子时在月台上费力地攀上爬下，作者运用白描的手法，用朴实至极的文字细致勾画父亲的外貌、言语与行动，突出了父亲周到绵延的体贴和关怀，成功塑造出一个对孩子爱得深沉的慈父形象，感人至深。

人物塑造是情感类作文的关键。**突出人物特征，选取典型事件**，鲜明鲜活的人物自有打动读者、撼动人心的力量。

——密斯於

父亲的画面

——刘墉

人生的旅途上，父亲只陪我度过最初的九年，但在我幼小的记忆中，却留下非常深刻的画面，清晰到即使在三十二年后的今天，父亲的音容仍仿佛在眼前。我甚至觉得父亲已成为我童年的代名词。

最早最早，甚至可能是两三岁的记忆中，父亲是我的溜滑梯，每天下班才进门，就伸直双腿，让我一遍又一遍地爬上膝头，再顺着他的腿溜到地下。母亲常怨父亲宠坏了我，没有一条西装裤不被磨得起毛。

父亲的怀抱也是可爱的游乐场，尤其是寒冷的冬天，他常把我藏在皮袄宽大的两襟之间，我记得很清楚，那里面有着银白色的长毛，很软，也很暖，尤其是他抱着我来回走动的时候，使我有一种居高临下的优越感。我一生中真正有“独子”的感觉，就是在那个时候。

父亲宠我，甚至有些溺爱。他总专程到衡阳路为我买纯丝的汗衫，说这样才不致伤到我幼嫩的肌肤。在我四五岁的时候，突然不再生产这种丝质的内衣。当父亲看着我初次穿上棉质的汗衫时，流露出一片心疼的目光，直问我扎不扎。当时我明明觉得非常舒服，却因为他的眼神，故意装作有些不对劲的样子。

我们父子常出去逛街，带回一包又一包的玩具，且在离家半条街外下三轮车，免得母亲说浪费。

傍晚时，父亲更常把我抱上脚踏车前面架着的小藤椅，载我穿过昏黄的暮色和竹林，到萤桥附近的河边钓鱼，我们把电石灯挂在开满姜花的水滨，隔些时候在附近用网子一捞，就能捕得不少小虾，再用这些小虾当饵。

我爱夜晚的鱼铃，在淡淡姜花的香气中，随着沁凉的晚风，轻轻叩响。那是风吹过长长的钓丝，加上粼粼水波震动所发出的吟唱；似乎很近，又像是从遥远的水面传来。尤其当我躲在父亲怀里将睡未睡之际，那幽幽的鱼铃，是催眠的歌声。

当然父亲也是我枕边故事的述说者，只是我从来不

曾听过完整的故事。一方面因为我总是很快地入梦，一方面由于他的故事都是从随手看过的武侠小说里摘出的片段。也正因此，在我童年的记忆中，“踏雪无痕”和“浪里白条”，比白雪公主的印象更深刻。

真正的白雪公主，是从父亲买的《儿童乐园》里读到的，那时候还不易买这种香港出版的图画书，但父亲总会千方百计地弄到。尤其是当我获得小学一年级演讲比赛冠军时，他高兴地从海外买回一大箱立体书，每页翻开都有许多小人和小动物站起来。虽然这些书随着我十三岁时的一场火灾烧了，我却始终记得其中的画面。甚至那涂色的方法，也影响了我学生时期的绘画作品。

父亲不擅画，但是很会写字，他常说些“指实掌虚”“眼观鼻、鼻观心”这类的话，还买了成叠的描红簿子，把着我的小手，一笔一笔地描。直到他逝世之后，有好长一段时间，每当我练毛笔字，都觉得父亲就站在我的身后……

父亲有我时已经是四十多岁，但是一直到他五十一岁过世，头上连一根白发都没有。他的照片至今仍挂在母亲的床头。八十二岁的老母，常仰着脸，盯着他的照片说：“怎么愈看愈不对劲儿！那么年轻，不像丈夫，倒像儿子了！”然后她总是转过身来对我说：“要不是你爸爸早死，只怕你也成不了气候，不知被宠成什么样子！”

是的，在我的记忆中，不曾听过父亲的半句叱责，也从未见过他不悦的表情。尤其记得有一次蚊子叮他，父亲明明发现了，却一直等到蚊子吸足了血，才打。

母亲说：“看到了还不打？哪儿有这样的人？”

“等它吸饱了，飞不动了，才打得到。”父亲笑着说，“打到了，它才不会再去叮我儿子！”

三十二年了，直到今天，每当我被蚊子叮到，总会想到我那慈祥的父亲，听到“啪”的一声，也清清晰晰地看见他左臂上被打死的蚊子和殷红的血迹……

背影

——朱自清

我与父亲不相见已二年余了，我最不能忘记的是他的背影。

那年冬天，祖母死了，父亲的差使也交卸了，正是祸不单行的日子。我从北京到徐州，打算跟着父亲奔丧回家。到徐州见着父亲，看见满院狼藉的东西，又想起祖母，不禁簌簌地流下眼泪。父亲说：“事已如此，不必难过，好在天无绝人之路！”

回家变卖典质，父亲还了亏空；又借钱办了丧事。这些日子，家中光景很是惨淡，一半为了丧事，一半为了父亲赋闲。丧事完毕，父亲要到南京谋事，我也要回北京念书，我们便同行。

到南京时，有朋友约去游逛，勾留了一日；第二日上午便须渡江到浦口，下午上车北去。父亲因为事忙，本已说定不送我，叫旅馆里一个熟识的茶房陪我同去。

他再三嘱咐茶房，甚是仔细。但他终于不放心，怕茶房不妥帖；颇踌躇了一会儿。其实我那年已二十岁，北京已来往过两三次，是没有什么要紧的了。他踌躇了一会儿，终于决定还是自己送我去。我再三劝他不必去，他只说："不要紧，他们去不好！"

我们过了江，进了车站。我买票，他忙着照看行李。行李太多，得向脚夫行些小费才可过去。他便又忙着和他们讲价钱。我那时真是聪明过分，总觉他说话不大漂亮，非自己插嘴不可，但他终于讲定了价钱，就送我上车。他给我拣定了靠车门的一张椅子；我将他给我做的紫毛大衣铺好座位。他嘱我路上小心，夜里要警醒些，不要受凉。又嘱托茶房好好照应我。我心里暗笑他的迂：他们只认得钱，托他们只是白托！而且我这样大年纪的人，难道还不能料理自己么？我现在想想，我那时真是太聪明了。

我说道："爸爸，你走吧。"他往车外看了看，说："我买几个橘子去。你就在此地，不要走动。"我看那边月台的栅栏外有几个卖东西的等着顾客。走到那边月台，须穿过铁道，须跳下去又爬上去。父亲是一个胖子，走过去自然要费事些。我本来要去的，他不肯，只好让他去。我看见他戴着黑布小帽，穿着黑布大马褂，深青布棉袍，蹒跚地走到铁道边，慢慢探身下去，尚不大难。可是他穿过铁道，要爬上那边月台，就不容易了。他用两手攀着上面，两脚再向上缩；他肥胖的身子向左微倾，显出努力的样子。这时我看见他的背影，我的泪很快地流下来了。我赶紧拭干了泪，怕他看见，也怕别人看见。我再向外看时，他已抱了朱红的橘子往回走了。过铁道时，他先将橘子散放在地上，自己慢慢爬下，再抱起橘子走。到这边时，我赶紧去搀他。他和我走到车上，将橘子一股脑儿放在我的皮大衣上。于是扑扑衣上的泥土，心里很轻松似的。过一会儿说："我走了，到那边来信！"我望着他走出去。他走了几步，回过头看见我，说："进去吧，里边没人。"等他的背影混入来来往往的人里，再找不着了，我便进来坐下，我的眼泪又来了。

近几年来，父亲和我都是东奔西走，家中光景是一日不如一日。他少年出外谋生，独力支持，做了许多大事。哪知老境却如此颓唐！他触目伤怀，自然情不能自已。情郁于中，自然要发之于外；家庭琐屑便往往触他之怒。他待我渐渐不同往日。但最近两年不见，他终于忘却我的不好，只是惦记着我，惦记着我的儿子。我北来后，他写了一封信给我，信中说道："我身体平安，唯膀子疼痛厉害，举箸提笔，诸多不便，大约大去之期不远矣。”我读到此处，在晶莹的泪光中，又看见那肥胖的、青布棉袍黑布马褂的背影。唉！我不知何时再能与他相见！

落花生

——许地山

我们屋后有半亩隙地，母亲说："让它荒芜着怪可惜，既然你们那么爱吃花生，就辟来做花生园吧。"我们几姐弟和几个小丫头都很喜欢——买种的买种，动土的动土，灌园的灌园；过不了几个月，居然收获了！

妈妈说："今晚我们可以做一个收获节，也请你们爹爹来尝尝我们的新花生，如何？"母亲把花生做成好几样的食品，还吩咐这节期要在园里的茅亭举行。

那晚上天色不太好，可是爹爹也到来，实在很难得。

爹爹说："你们爱吃花生么？"

我们争着答应："爱！"

"谁能把花生的好处说出来？"

姐姐说："花生的气味很美。"

哥哥说："花生可以制油。"

我说："无论何等人都可以用贱价买它来吃，都喜欢吃它。这就是它的好处。"

爹爹说："花生的用处固然很多，但有一样是很可贵的。这小小的豆不像那好看的苹果、桃子、石榴，把它们的果实悬在枝上，鲜红嫩绿的颜色，令人一望而发生羡慕的心。它只把果子埋在地底，等到成熟，才容人把它挖出来。你们偶然看见一棵花生瑟缩地长在地上，不能立刻辨出它有没有果实，非得等到你接触它才能知道。"

我们都说是，母亲也点点头。

爹爹接下去说："所以你们要像花生一样，因为它是有用的，不是伟大、好看的东西。"

我说："那么，人要做有用的人，不要做伟大、体面的人了。"

爹爹说："这是我对于你们的希望。"

我们谈到夜阑才散。所有花生食品虽然没有了，然而父亲的话现在还印在我的心版上。

做父亲

——丰子恺

楼窗下的弄里远远地传来一片声音，“咿哟，咿哟……卖小鸡喽”，渐近渐响起来。

一个孩子从算草簿中抬起头来，张大眼睛倾听一会儿，“小鸡！小鸡！”叫了起来。四个孩子同时放弃手中的笔，飞奔下楼，好像路上的一群麻雀听见了行人的脚步声而飞去一般。

我刚扶起他们所带倒的凳子，拾起桌子上滚下去的铅笔，听见大门口一片呐喊：“买小鸡！买小鸡！”其中又混着哭声。连忙下楼一看，原来元草因为落伍而狂奔，在庭中跌了一跤，跌痛了膝盖骨不能再跑，恐怕小鸡被哥哥、姐姐们买完了轮不着他，所以激烈地哭着。我扶了他走出大门口，看见一群孩子正向一个挑着一担“咿哟，咿哟”的人招呼，欢迎他走近来。元草立刻离开我，上前去加入团体，且跳且喊：“买小鸡！买小鸡！”泪珠跟了他的一跳一跳而从脸上滴到地上。

孩子们见我出来，大家回转身来包围了我。“买小鸡！买小鸡！”的喊声由命令的语气变成了请愿的语气，喊得比之前更响了。他们仿佛想把这些音蓄入我的身体中，希望它们由我的口上开出来。独有元草直接拉住了担子的绳而狂喊。

我全无养小鸡的兴趣，而且想起了以后的种种麻烦，觉得可怕。但乡居寂寥，绝对屏除外来的诱惑而强迫一群孩子在看惯的几间屋子里隐居这一个星期日，似也有些残忍。且让这个“咿哟，咿哟”来打破门庭的岑寂，当作长闲的春昼的一种点缀吧。我就招呼挑担的，叫他把小鸡给我们看看。

他停下担子，揭开前面的一笼。“咿哟，咿哟”的声音忽然放大。但见一个细网的下面，蠕动着无数可爱的小鸡，好像许多活的雪球。五六个孩子蹲集在笼子的四周，一齐倾情地叫着“好来！好来！”一瞬间我的心也屏绝了思虑而没入在这些小动物的姿态的美中，体会了孩子们对于小鸡的热爱的心情。许多小手伸入笼中，竞指一只纯白的小鸡，有的几乎要隔网捉住它。挑担的忙把盖子无情地盖上，许多“咿哟，咿哟”的雪球和一群“好来，好来”的孩子就变成了咫尺天涯。孩子们怅望笼子的盖，依附在我的身边，有的伸手摸我的袋。我

就向挑担的人说话：

“小鸡卖几钱一只？”

“一块洋钱四只。”

“这样小的，要卖二角半钱一只？可以便宜些否？”

“便宜勿得，二角半钱最少了。”

他说过，挑起担子就走。大的孩子脉脉含情地目送他，小的孩子拉住了我的衣襟而连叫“要买！要买！”挑担的越走得快，他们喊得越响，我摇手止住孩子们的喊声，再向挑担的问：“一角半钱一只卖不卖？给你六角钱买四只吧！”

“没有还价！”

他并不停步，但略微旋转头来说了这一句话，就赶紧向前面跑。“咿哟，咿哟”的声音渐渐地远起来了。

元草的喊声就变成哭声。大的孩子锁着眉头不绝地探望挑担者的背影，又注视我的脸色。我用手掩住了元草的口，再向挑担人远远地招呼：

“二角大洋一只，卖了吧！”

“没有还价！”

他说过便昂然地向前进行，悠长地叫出一声“卖——小——鸡——！”其背影便在弄口的转角上消失了。我这里只留着一个号啕大哭的孩子。

对门的大嫂子曾经从矮门上探头出来看过小鸡，这时候就拿着针线走出来，倚在门上，笑着劝慰哭的孩子，她说：

“不要哭！等一会儿还有担子挑来，我来叫你呢！”她又笑着向我说：

“这个卖小鸡的想做好生意。他看见小孩子哭着要买，越是不肯让价了。昨天坍墙圈里买的一角洋钱一只，比刚才的还大一半呢！”

我同她略谈了几句，硬拉了哭着的孩子回进门来。别的孩子也懒洋洋地跟了进来。我原想为长闲的春昼找些点缀而走出门口来的，不料讨个没趣，扶了一个哭着的孩子而回进来。庭中柳树正在骀荡的春光中摇曳柔条，堂前的燕子正在安稳的新巢上低回软语。我们这个刁巧的挑担者和痛哭的孩子，在这一片和平美丽的春景中很不调和啊!

关上大门，我一面为元草揩拭眼泪，一面对孩子们说:

“你们大家说‘好来，好来’，‘要买，要买’，那人就不肯让价了！”

小的孩子听不懂我的话，继续抽噎着；大的孩子听了我的话若有所思。我继续抚慰他们:

“我们等一会儿再采买吧。隔壁大妈会喊我们的。但你们下次……”

我不说下去了。因为下面的话是“看见好的嘴上不可说好，想要的嘴上不可说要”。倘再进一步，就变成“看见好的嘴上应该说不好，想要的嘴上应该说不要”了。在这一片天真烂漫光明正大的春景中，向哪里容藏这样教导孩子的一个父亲呢?

父亲的玳瑁

——鲁彦

在墙脚根刷然溜过的那黑猫的影，又触动了我对于父亲的玳瑁的怀念。

净洁的白毛的中间，夹杂些淡黄的云霞似的柔毛，恰如透明的妇人的玳瑁首饰的那种猫儿，是被称为“玳瑁猫”的。我们家里的猫儿正是那一类，父亲就给了它“玳瑁”这个名字。

在近来的这一匹玳瑁之前，我们还曾有过另外的一匹。它有着同样的颜色，得到了同样的名字，同是从我姊妹家里带来，一样地为我们所爱。

但那是我不幸的妹妹的玳瑁，它曾经和她盘桓了十二年的岁月。

而现在的这一匹，是属于父亲的。

它什么时候来到我们家里，我不很清楚，据说大约已有三年光景了。父亲给我的信，从来不曾提过它。在他的理智中，仿佛以为玳瑁毕竟是一匹小小的兽，比不上任何的家事，足以通知我似的。

但当我去年回到家里的时候，我看到了父亲和玳瑁的感情了。

每当厨房的碗筷一搬动，父亲在后房餐桌边坐下的时候，玳瑁便在门外“咪咪”地叫了起来。这叫声是只有两三声，从不多叫的。它仿佛在问父亲，可不可以进来似的。

于是父亲就说了，完全像对什么人说话一样：“玳瑁，这里来！”

我初到的几天，家里突然增多了四个人，在玳瑁似乎感觉到热闹与生疏的恐惧，常不肯即刻进来。

“来吧，玳瑁！”父亲望着门外，不见它进来，又说了。

但是玳瑁只回答了两声“咪咪”，仍在门外徘徊着。

“小孩一样，看见生疏的人，就怕进来了。”父亲笑着对我们说。

但是过了一会儿，玳瑁在大家的不注意中，已经跃上了父亲的膝上。

“哪，在这里了。”父亲说。

我们弯过头去看，它伏在父亲的膝上，睁着略带惧怯的眼望着我们，仿佛预备逃遁似的。

父亲立刻理会它的感觉，用手抚摩着它的颈背，说：“困吧，玳瑁。”一面他又转过来对我们说：“不要多看它，它像姑娘一样的呢。”

我们吃着饭，玳瑁从不跳到桌上来，只是静静地伏在父亲的膝上。有时鱼腥的气息引诱了它，它便偶尔伸出半个头来望了一望，又立刻缩了回去。它的脚不肯触着桌。这是它的规矩，父亲告诉我们说，向来是这样的。

父亲吃完饭，站起来的时候，玳瑁便先走出门外去。它知道父亲要到厨房里去给它预备饭了。那是真的。父亲从来不曾忘记过，他自己一吃完饭，便去添饭给玳瑁的。玳瑁的饭每次都有鱼或鱼汤拌着。父亲自己这几年来对于鱼的滋味据说有点厌，但即使自己不吃，他总是每次上街去，给玳瑁带了一些鱼来，而且给它储存着的。

白天，玳瑁常在储藏东西的楼上，不常到楼下的房子里来。但每当父亲有什么事情将要出去的时候，玳瑁像是在楼上看着的样子，便溜到父亲的身边，绕着父亲的脚转了几下，一直跟父亲到门边。父亲回来的时候，它又像是在什么地方远远望着，静静地倾听着的样子，待父亲一跨进门限，它又在父亲的脚边了。它并不时时刻刻跟着父亲，但父亲的一举一动，父亲的进出，它似乎时刻在那里留心着。

晚上，玳瑁睡在父亲的脚后的被上，陪伴着父亲。

我们回家后，父亲换了一个寝室。他现在睡到弄堂门外一间从来没有人去的房子里了。

玳瑁有两夜没有找到父亲，只在原地方走着，叫着。它第一夜跳到父亲的床上，发现睡着的是我们，便立刻跳了出去。

正是很冷的天气。父亲记念着玳瑁夜里受冷，说它恐怕不会想到他会搬到那样冷落的地方去的。而且晚上弄堂门又关得很早。

但是第三天的夜里，父亲一觉醒来，玳瑁已在床上睡着了，静静地，“咕咕”念着猫经。

半个月后，玳瑁对我也渐渐熟了。它不复躲避我。当它在父亲身边的时候，我伸出手去，轻轻抚摩着它的颈背，它伏着不动。然而它从不自己走近我。我叫它，它仍不来。就是母亲，她是永久和父亲在一起的，它也不肯走近她。父亲呢，只要叫一声“玳瑁”，甚至咳嗽一声，它便不晓得从什么地方溜出来了，而且绕着父亲的脚。

有两次玳瑁到邻居去游走，忘记了吃饭。我们大家叫着“玳瑁玳瑁”，东西寻找着，不见它回来。父亲却猜到它哪里去了。他拿着玳瑁的饭碗走出门外，用筷子敲着，只喊了两声“玳瑁”，玳瑁便从很远的邻屋上走来了。

“你的声音像格外不同似的，”母亲对父亲说，“只消叫两声，又不大，它便老远地听见了。”

“是哪，它只听我管的哩。”

对于寂寞地度着残年的老人，玳瑁所给予的是儿子和孙子的安慰，我觉得。

六月四日的早晨，我带着战栗的心重到家里，父亲只躺在床上远远地望了我一下，便疲倦地合上了眼皮。我悲苦地牵着他的手在我的面上抚摩。他的手已经有点生硬，不复像往日柔和地抚摩玳瑁的颈背那么自然。据说在头一天的下午，玳瑁曾经跳上他的身边，悲鸣着，父亲还很自然地抚摩着它，亲密地叫着“玳瑁”。而我呢，已经迟了。

从这一天起，玳瑁便不再走进父亲的以及和父亲相连的我们的房子。我们有好几天没有看见玳瑁的影子。我代替了父亲的工作，给玳瑁在厨房里备好鱼拌的饭，敲着碗，叫着“玳瑁”。玳瑁没有回答，也不出来。母亲说，这几天家里人多，闹得很，它该是躲在楼上怕出来的。于是我把饭碗一直送到楼上。然而玳瑁仍没有影子。过了一天，碗里的饭照样地摆在楼上，只饭粒干瘪了一些。

玳瑁正怀着孕，需要好的滋养。一想到这儿，大家更其焦虑了。

第五天早晨，母亲才发现给玳瑁在厨房预备着的另一只饭碗里的饭略略少了一些。大约它在没有人的夜里走进了厨房。它应该是非常饥饿了。然而仍像吃不下的样子。

一星期后，家里的戚友渐渐少了。玳瑁仍不大肯露面。无论谁叫它，都不答应，偶然在楼梯上溜过的后影，显得憔悴而且瘦削，连那怀着孕的肚子也好像小了一些似的。

一天一天家里愈加冷静了。满屋里主宰着静默的悲哀。一到晚上，人还没有睡，老鼠便吱吱叫着活动起来，甚至我们房间的楼上也在叫着跑着。玳瑁是最会捕鼠的。当去年我们回家的时候，即使它跟着父亲睡在远一点的地方，我们的房间里从没有听见过老鼠的声音，但现在玳瑁就睡在隔壁的楼上，也不过问了。我们毫不埋怨它。我们知道它所以这样的原因。

可怜的玳瑁。它不能再听到那熟识的亲密的声音，不能再得到那慈爱的抚摩，它是在怎样地悲伤呵！

三星期后，我们全家要离开故乡。大家预先就在商量，怎样把玳瑁带出来。但是离开预定的日子前一星期，玳瑁生了小孩了。我们看见它的肚子松瘪着。

怎样可以把它带出来呢?

然而为了玳瑁，我们还是不能不带它出来。我们家里的门将要全锁上。邻居们不会像我们似的爱它，而且大家全吃着素菜，不会舍得买鱼饲它。单看玳瑁的脾气，连对于母亲也是冷淡淡的，决不会喜欢别的邻居。

我们还是决定带它一道来上海。

它生了几个小孩，什么样子，放在哪里，我们虽然极想知道，却不敢去惊动玳瑁。我们预定在饲玳瑁的时候，先捉到它，然后再寻觅它的小孩。因为这几天来，玳瑁在吃饭的时候，已经不大避人，捉到它应该是容易的。

但是两天后，我们十几岁的外甥遏抑不住他的热情了。不知怎样，玳瑁的孩子们所在的地方先被他很容易地发见了。它们原来就在楼梯门口，一只半掩着的糠箱里。玳瑁和它的小孩们就住在这里，是谁也想不到的。外甥很喜欢，叫大家去看。玳瑁已经溜得远远的在惧怯地望着。

我们想，既然玳瑁已经知道我们发觉了它的小孩的住所，不如便先把它的小孩看守起来，因为这样，也可以引诱玳瑁的来到，否则它会把小孩衔到更没有人晓得的地方去的。

于是我们便做了一个更安适的窠，给它的小孩们，携进了以前父亲的寝室，而且就在父亲的床边。

那里是四个小孩，白的，黑的，黄的，玳瑁的，都还没有睁开眼睛。贴着压着，钻作一团，肥圆的。捉到它们的时候，偶然发出微弱的老鼠似的吱吱的鸣声。

“生了几只呀？”母亲问着。

“四只。”

“嗨，四只！怪不得！扛了你父亲的棺材，不要再扛我的呢！”母亲叹息着，不快活地说。

大家听着这话，愣住了。

“把它们丢出去！”外甥叫着说，但他同时却又喜悦地抚摩着玳瑁的小孩们，舍不得走开。

玳瑁现在在楼上寻觅了，它大声地叫着。

“玳瑁，这里来，在这里。”我们学着父亲仿佛对人说话似的叫着玳瑁说。

但是玳瑁像只懂得父亲的话，不能了解我们说什么。它在楼上寻觅着，在弄堂里寻觅着，在厨房里寻觅着，可不走进以前父亲天天夜里带着它睡觉的房子。我们有时故意作弄它的小孩们，使它们发出微弱的鸣声。玳瑁仍像没有听见似的。

过了一会儿，玳瑁给我们女工捉住了。它似乎饿了，走到厨房去吃饭，却不防给她一手捉住了颈背的皮。

“快来！快来！捉住了！”她大声叫着。

我扯了早已预备好的绳圈，跑出去。

玳瑁大声地叫着，用力地挣扎着。待至我伸出手去，还没抱住玳瑁，女工的手一松，玳瑁溜走了。

它再不到厨房里去，只在楼上叫着，寻觅着。

几点钟后，我们只得把玳瑁的小孩们送回楼上。它

们显然也和玳瑁似的在忍受着饥饿和痛苦。

玳瑁又静默了，不到十分钟，我们已看不见它的小孩们的影子。现在可不必再费气力，谁也不会知道它们的所在。

有一天一夜，玳瑁没有动过厨房里的饭。以后几天，它也只在夜里，待大家睡了以后到厨房里去。

我们还想设法带玳瑁出来，但是母亲说："随它去吧，这样有灵性的猫，哪里会不晓得我们要离开这里。要出去自然不会躲开的。你们看它，父亲过世以后，再也不忍走进那两间房里，并且几天没有吃饭，明明在非常地伤心。现在怕是还想在这里陪伴你们父亲的灵魂呢。它原是你父亲的。"

我们只好随玳瑁自己了。它显然比我们还舍不得父亲，舍不得父亲所住过的房子，走过的路以及手所抚摩过的一切。父亲的声音，父亲的形象，父亲的气息，应该都还很深刻地萦绕在它的脑中。

可怜的玳瑁，它比我们还爱父亲！

然而玳瑁也太凄惨了。以后还有谁再像父亲似的按时给它好的食物，而且慈爱地抚摩着它，像对人说话似的一声声地叫它呢?

离家的那天早晨，母亲曾给它留下了许多给孩子吃的稀饭在厨房里。门虽然锁着，玳瑁应该仍然晓得走进去。邻居们也曾答应代我们给它饲料。然而又怎能和父亲在的时候相比呢?

现在距我们离家的时候又已一月多了。玳瑁应该很健康着，它的小孩们也该是很活泼可爱了吧?

我希望能再见到和父亲的灵魂永久同在着的玳瑁。

有了小孩之后

——老　舍

艺术家应以艺术为妻，实际上就是当一辈子光棍儿。在下闲暇无事，往往写些小说，虽一回还没自居过文艺家，却也感觉到家庭的累赘。每逢困于油盐酱醋的灾难中，就想到独人一身，自己吃饱便天下太平，岂不妙哉。

家庭之累，大半由儿女造成。先不用提教养的花费，只就淘气哭闹而言，已足使人心慌意乱。小女三岁，专会等我不在屋中，在我的稿子上画圈拉杠，且美其名曰“小济会写字”！把人要气没了脉，她到底还是有理！再不然，我刚想起一句好的，在脑中盘旋，自信足以愧死莎士比亚，假若能写出来的话。当是时也，小济拉拉我的肘，低声说：“上公园看猴？”于是我至今还未成莎士比亚。小儿一岁整，还不会“写字”，也不晓得去看猴，但善亲亲，闭眼，张口展览上下四个小牙。我若没事，请求他闭眼，露牙，小胖子总会东指西指地打岔。赶到我拿起笔来，他那一套全来了，不但亲脸，闭眼，还“指”令我也得表演这几招。有什么办法呢？！

这还算好的。赶到小济午后不睡，按着也不睡，那才难办。到这么四点来钟吧，她的困闹开始，到五点钟我已没有人味。什么也不对，连公园的猴都变成了臭的，而且猴之所以臭，也应当由我负责。小胖子也有这种困而不睡的时候，大概多数是与小济同时发难。两位小醉鬼一齐找毛病，我就是诸葛亮恐怕也得唱空城计，一点办法没有！在这种干等束手被擒的时候，偏偏会来一两封快信——催稿子！我也只好闹脾气了。不大一会儿，把太太也闹急了，一家大小四口，都成了醉鬼，其热闹至为惊人。大人声言离婚，小孩怎说怎不是，于离婚的争辩中瞎打混。一直到七点后，二位小天使已困得动不得，离婚的宣言才无形地撤销。这还算好的。遇上小胖子出牙，那才真叫厉害，不但白天没有情理，夜里还得上夜班。一会儿一醒，若被针扎了似的惊啼，他出牙，谁也不用打算睡。他的牙出利落了，大家全成了红眼虎。

不过，这一点也不妨碍家庭中爱的发展，人生的巧妙似乎就在这里。记得 Frank Harris 仿佛有过这么点记载：他说王尔德为那件不名誉的案子过堂被审，一开

头他侃侃而谈，语多幽默。及至原告提出几个男妓作证人，王尔德没了脉，非失败不可了。Harris 以为王尔德必会说：“我是个戏剧家，为观察人生，什么样的人都当交往。假若我不和这些人接触，我从哪里去找戏剧中的人物呢？”可是，王尔德竟自没这么答辩，官司就算输了！

把王尔德且放在一边；艺术家得多去经验，Harris 的意见，假若不是特为王尔德而发的，的确是不错。连家庭之累也是如此。还拿小孩们说吧——这才来到正题——爱他们吧，嫌他们吧，无论怎说，也是极可宝贵的经验。

在没有小孩的时候，一个人的世界还是未曾发现美洲的时候的。小孩是科仑布，把人带到新大陆去。这个新大陆并不很远，就在熟习的街道上和家里。你看，街市上给我预备的，在没有小孩的时候，似乎只有理发馆、饭铺、书店、邮政局等。我想不出婴儿医院、糖食店、玩具铺等的意义。连药房里的许许多多婴儿用的药和粉，报纸上婴儿自己药片的广告，百货店里的小袜子、小鞋，都显着多此一举，劳而无功。及至小天使自天飞降，我的眼睛似乎戴上了一双放大镜，街市依然那样，跟我有关系的东西可是不知增加了多少倍！婴儿医院不但挂着牌子，敢情里边还有医生呢。不但有医生，还是挺神气，一点也得罪不得。拿着医生所给的神符，到药房去，敢情那些小瓶子、小罐都有作用。不但要买瓶子里的白汁黄面和各色的药饼，还得买瓶子、罐子，轧粉的钵，量奶的漏斗，乳头，卫生尿布，玩意儿多多了！百货店里那些小衣帽、小家具，也都有了意义；原先以为多此一举的东西，如今都成了非它不行；有时候铺中缺乏了我所要的那一件小物品，我还大有看不起他们的意思：既是百货店，怎能不预备这件东西呢？！慢慢地，全街上的铺子，除了金店与古玩铺，都有了我的足迹；连当铺也走得怪熟。铺中人也渐渐熟识了，甚至可以随便闲谈，以小孩为中心，谈得颇有味儿。伙计们，掌柜们，原来不仅是站柜做买卖，家中还有小孩呢！有的铺子，竟自敢允许我欠账，仿佛一有了小孩，我的人格也好了些，能被人信任。三节的账条来得很踊跃，使我明白了过节过年的时候怎样出汗。

小孩使世界扩大，使隐藏着的东西都显露出来。非有小孩不能明白这个。看着别人家的孩子，肥肥胖胖，整整齐齐，你总觉得小孩们理应如此，一生下来就戴着小帽，穿着小袄，好像小雏鸡生下来就披着一身黄绒似的。赶到自己有了小孩，才能晓得事情并不这么简单。

一个小娃娃身上穿戴着全世界的工商业所能供给的，给全家人以一切啼笑爱怨的经验，小孩的确是位小活神仙！

有了小活神仙，家里才会热闹。窗台上，我一向认为是摆花的地方。夏天呢，开着窗，风儿轻轻吹动花与叶，屋中一阵阵的清香。冬天呢，阳光射到花上，使全屋中有些颜色与生气。后来，有了小孩，那些花盆很神秘地都不见了，窗台上满是瓶子、罐子，数不清有多少。尿布有时候上了写字台，奶瓶倒在书架上。大扫除才有了意义，是的，到时候非痛痛快快地收拾一顿不可了，要不然东西就有把人埋起来的危险。上次大扫除的时候，我由床底下找到了但丁的《神曲》。不知道这老家伙干吗在那里藏着玩呢！

人的数目也增多了，而且有很多问题。在没有小孩的时候，用一个仆人就够了，现在至少得用俩。以前，仆人“拿糖”，满可以暂时不用；没人做饭，就外边去吃，谁也不用拿捏谁。有了小孩，这点豪气乘早收起去。三天没人洗尿布，屋里就不要再进来人。牛奶等项是非有人管理不可，有儿方知卫生难，奶瓶子一天就得烫五六次；没仆人简直不行！有仆人就得捣乱，没办法！

好多没办法的事都得马上有办法，小孩子不会等着“国联”慢慢解决儿童问题。这就长了经验。半夜里去买药，药铺的门上原来有个小口，可以交钱拿药，早先我就不晓得这一招。西药房里敢情也打价钱，不等他开口，我就提出：“还是四毛五？”这个“还是”使我省五分钱，而且落个行家。这又是一招。找老妈子有作坊，当票儿到期还可以入利延期，也都被我学会。没功夫细想，大概自从有了儿女以后，我所得的经验至少比一张大学文凭所能给我的多着许多。大学文凭是由课本里掏出来的，现在我却念着一本活书，没有头儿。

连我自己的身体现在都会变形，经小孩们的指挥，我得去装马装牛，还须装得像个样儿。不但装牛像牛，我也学会牛的忍性，小胖子觉得“开步走”有意思，我就得百走不厌；只做一回，绝对不行。多咱他改了主意，多咱我才能“立正”。在这里，我体验出母性的伟大，觉得打老婆的人们满该下狱。

中秋节前来了个老道，不要米，不要钱，只问有小孩没有。看见了小胖子，老道高了兴，说十四那天早晨须给小胖子左腕上系一根红线。备清水一碗，烧高香三炷，必能消灾除难。右邻家的老太太也出来看，老道问她有小孩没有，她惨淡地摇了摇头。到了十四那天，

倒是这位老太太的提醒，小胖子的左腕上才拴了一圈红线。小孩子征服了老道与邻家老太太。一看胖手腕的红线，我觉得比写完一本伟大的作品还骄傲，于是上街买了两尊兔子王，感到老道、红线、兔子王，都有绝大的意义!

突出人物特征，塑造鲜明形象

读丰子恺先生的《我的母亲》，让人印象最深的莫过于这句——“眼睛里发出严肃的光辉，口角上表出慈爱的笑容”，因为我们会在文中一次又一次地读到它。为什么作者会一而再地重复？他的用意何在呢？

像作者一样读书，我们就很有必要来拆解作者的写作技法。首先，我想请你找出文中所有的这句“眼睛里发出严肃的光辉，口角上表出慈爱的笑容”，找出来，画上线，你有什么发现？原来，它竟然遍布在每一个段落里！每一个段落都在分别讲述着母亲人生中的不同情境，不论是内外兼理地照顾家事店事，还是交涉应酬工人亲邻，抑或是在“我”求学、放假、归家时关爱“我”、训勉“我”，母亲都是坐在老屋那把“不安稳，不便利，不卫生，不清静”的八仙椅上，“眼睛里发出严肃的光辉，口角上表出慈爱的笑容”。

作者在这里运用的是反复的修辞手法，突出人物的特征。**在每一段有意识地反复中，人物特征作为主线贯穿全文，母亲的这一鲜明形象也随之深入人心。**

“严肃”和“慈爱”，这是一对看似矛盾的人物特征。为什么作者要着意刻画母亲既“严肃”又“慈爱”呢？这其实与母亲的人生际遇不无关系。因为父亲的不问家事和早逝，母亲不得不扛起生活的重担，既要作为一家之主内外照应，又要母代父职训导子女。这样身兼数职的母亲形象，隐忍坚强，令人敬重。

作者在结尾写道“她以一身任严父兼慈母之职而训诲我抚养我”，请注意，这里是先“严父”后“慈母”，先“训诲”后“抚养”，严谨对应着母亲先“严肃的光辉”后“慈爱的笑容”的人物特征，作者的匠心独运可见一斑，也给读者留下了难以磨灭的鲜明印象。

——密斯於

我的母亲

——丰子恺

中国文化馆要我写一篇《我的母亲》，并寄我母亲的照片一张。照片我有一张四寸的肖像。一向挂在我的书桌的对面。已有放大的挂在堂上，这一张小的不妨送人。但是《我的母亲》一文从何处说起呢？看看母亲的肖像，想起了母亲的坐姿。母亲生前没有摄影取坐像的照片，但这姿态清楚地摄入在我脑海中的底片上，不过没有晒出。现在就用笔墨代替显形液和定影液，把我的母亲的坐像晒出来吧：

我的母亲坐在我家老屋的西北角里的八仙椅子上，眼睛里发出严肃的光辉，口角上表出慈爱的笑容。

老屋的西北角里的八仙椅子，是母亲的老位子。从我小时候直到她逝世前数月，母亲空下来总是坐在这把椅子上，这是很不舒服的一个座位：我家的老屋是一所三开间的楼厅，右边是我的堂兄家，左边一间是我的堂叔家，中央一间是我家。但没有板壁隔开，只拿在左右的两排八仙椅子当作三份人家的界限。所以母亲坐的椅子，背后凌空。若是沙发椅子，三面有柔软的厚壁，凌空原无妨碍。但我家的八仙椅子是木造的，坐板和靠背呈九十度角，靠背只是疏疏的几根木条，其高只及人的肩膀。母亲坐着没处搁头，很不安稳。母亲又防椅子的脚摆在泥土上要霉烂，用二三寸高的木座子衬在椅子脚下，因此这只八仙椅子特别高，母亲坐上去两脚须得挂空，很不便利。所谓西北角，就是左边最里面的一把椅子，这椅子的里面就是通过退堂的门。退堂里就是灶间。母亲坐在椅子上向里面顾，可以看见灶头。风从里面吹出的时候，烟灰和油气都吹在母亲身上，很不卫生。堂前隔着三四尺阔的一条天井便是墙门。墙外面便是我们的染坊店。母亲坐在椅子里向外面望，可以看见杂沓往来的顾客，听到沸反盈天的市井声，很不清静。但我的母亲一向坐在我家老屋西北角里的这样不安稳，不便利，不卫生，不清静的一把八仙椅子上，眼睛里发出严肃的光辉，口角上表出慈爱的笑容。母亲为什么老是坐在这样不舒服的椅子里呢？因为这位子在我家中最为冲要。母亲坐在这位子里可以顾到灶上，又可以顾到店里。母亲为要兼顾内外，便顾不到座位的安稳不安稳，便利不便利，卫生不卫生，和清静不清静了。

我四岁时，父亲中了举人，同年祖母逝世，父亲丁忧在家，郁郁不乐，以诗酒自娱，不管家事，丁忧终而科举废，父亲就从此隐遁。这期间家事店事，内外都归母亲一个兼理。我从书堂出来，照例走向坐在西北角里的椅子上的母亲的身边，向她讨点东西吃。母亲口角上表出亲爱的笑容，伸手除下挂在椅子头顶的“饿杀猫篮”，拿起饼饵给我吃；同时眼睛里发出严肃的光辉，给我几句勉励。

我九岁的时候，父亲遗下了母亲和我们姐弟六人、薄田数亩和染坊店一间而逝世。我家内外一切责任全部归母亲负担。此后她坐在那椅子上的时间愈加多了。工人们常来坐在里面的凳子上，同母亲谈家事；店伙们常来坐在外面的椅子上，同母亲谈店事；父亲的朋友和亲戚邻人常来坐在对面的椅子上，同母亲交涉或应酬。我从学堂里放假回家，又照例走向西北角椅子边，同母亲讨个铜板。有时这四班人同时来到，使得母亲招架不住，于是她用了眼睛里的严肃的光辉来命令，警戒，或交涉；同时又用了口角上的慈爱的笑容来劝勉，抚爱，或应酬。当时的我看惯了这种光景，以为母亲是天生成坐在这把椅子上的，而且天生成有四班人向她缠绕不清的。

我十七岁离开母亲，到远方求学。临行的时候，母亲眼睛里发出严肃的光辉，诫告我待人接物求学立身的大道；口角上表出慈爱的笑容，关照我起居饮食一切的细事。她给我准备学费，她给我置备行李，她给我制一罐猪油炒米粉，放在我的网篮里；她给我做一个小线板，上面插两只引线放在我的箱子里，然后送我出门。放假归来的时候，我一进店门，就望见母亲坐在西北角里的八仙椅子上。她欢迎我归家，口角上表出慈爱的笑容，她探问我的学业，眼睛里发出严肃的光辉。晚上她亲自上灶，烧些我所爱吃的菜蔬给我吃，灯下她详询我的学校生活，加以勉励，教训，或责备。

我廿二岁毕业后，赴远方服务，不克依居母亲膝下，唯假期归省。每次归家，依然看见母亲坐在西北角里的椅子上，眼睛里发出严肃的光辉，口角上表现出慈爱的笑容。她像贤主一般招待我，又像良师一般教训我。

我三十岁时，弃职归家，读书著述奉母。母亲还是每天坐在西北角里的八仙椅子上，眼睛里发出严肃的光辉，口角上表出慈爱的笑容。只是她的头发已由灰白渐渐转成银白了。

我三十三岁时，母亲逝世。我家老屋西北角里的八仙椅子上，从此不再有我母亲坐着了。然而每逢看见这把椅子的时候，脑际一定浮出母亲的坐像——眼睛里发出严肃的光辉，口角上表出慈爱的笑容。她是我的母亲，同时又是我的父亲。她以一身任严父兼慈母之职而训诲我抚养我，我从呱呱坠地的时候直到三十三岁，不，直到现在。陶渊明诗云："昔闻长者言，掩耳每不喜。"我也犯这个毛病：我曾经全部接受了母亲的慈爱，但不会全部接受她的训诲。所以现在我每次想象中瞻望母亲的坐像，对于她口角上的慈爱的笑容觉得十分感谢，对于她眼睛里的严肃的光辉，觉得十分恐惧。这光辉每次给我以深刻的警惕和有力的勉励。

我的母亲

——老舍

母亲的娘家是北平德胜门外，土城儿外边，通大钟寺的大路上的一个小村里。村里一共有四五家人家，都姓马。大家都种点不十分肥美的地，但是与我同辈的兄弟们，也有当兵的，做木匠的，做泥水匠的和当巡察的。他们虽然是农家，却养不起牛马，人手不够的时候，妇女便也须下地做活。

对于姥姥家，我只知道上述的一点。外公外婆是什么样子，我就不知道了，因为他们早已去世。至于更远的族系与家史，就更不晓得了；穷人只能顾眼前的衣食，没有工夫谈论什么过去的光荣；“家谱”这字眼，我在幼年就根本没有听说过。

母亲生在农家，所以勤俭诚实，身体也好。这一点事实却极重要，因为假若我没有这样的一位母亲，我以为我恐怕也就要大大地打个折扣了。

母亲出嫁大概是很早，因为我的大姐现在已是六十多岁的老太婆，而我的大外甥女还长我一岁啊。我有三个哥哥，四个姐姐，但能长大成人的，只有大姐、二姐、三姐、三哥与我。我是“老”儿子。生我的时候，母亲已有四十一岁，大姐和二姐已都出了阁。

由大姐与二姐所嫁入的家庭来推断，在我生下之前，我的家里，大概还马马虎虎的过得去。那时候订婚讲究门当户对，而大姐丈是做小官的，二姐丈也开过一间酒馆，他们都是相当体面的人。

可是，我，我给家庭带来了不幸：我生下来，母亲晕过去半夜，才睁眼看见她的老儿子——感谢大姐，把我揣在怀中，致未冻死。

一岁半，我把父亲“克”死了。

兄不到十岁，三姐十二三岁，我才一岁半，全仗母亲独力抚养了。父亲的寡姐跟我们一块儿住，她吸鸦片，她喜摸纸牌，她的脾气极坏。为我们的衣食，母亲要给人家洗衣服，缝补或裁缝衣裳。在我的记忆中，她的手终年是鲜红微肿的。白天，她洗衣服，洗一两大绿瓦盆。她做事永远丝毫也不敷衍，就是屠户们送来的

黑如铁的布袜，她也给洗得雪白。晚间，她与三姐抱着一盏油灯，还要缝补衣服，一直到半夜。她终年没有休息，可是在忙碌中她还把院子屋中收拾得清清爽爽。桌椅都是旧的，柜门的铜活久已残缺不全，可是她的手老使破桌面上没有尘土，残破的铜活发着光。院中，父亲遗留下的几盆石榴与夹竹桃，永远会得到应有的浇灌与爱护，年年夏天开许多花。

哥哥似乎没有同我玩耍过。有时候，他去读书；有时候，他去学徒；有时候，他也去卖花生或樱桃之类的小东西。母亲含着泪把他送走，不到两天，又含着泪接他回来。我不明白这都是什么事，而只觉得与他很生疏。与母亲相依为命的是我与三姐。因此，她们做事，我老在后面跟着。她们浇花，我也张罗着取水；她们扫地，我就撮土……从这里，我学得了爱花、爱清洁、守秩序。这些习惯至今还被我保持着。

有客人来，无论手中怎么窘，母亲也要设法弄一点东西去款待。舅父与表哥们往往是自己掏钱买酒肉食，这使她脸上羞得飞红，可是殷勤地给他们温酒做面，又给她一些喜悦。遇上亲友家中有喜丧事，母亲必把大褂洗得干干净净，亲自去贺吊——份礼也许只是两吊小钱。到如今如我的好客的习性，还未全改，尽管生活是这么清苦，因为自幼儿看惯了的事情是不易改掉的。

姑母常闹脾气。她单在鸡蛋里找骨头。她是我家中的阎王。直到我入了中学，她才死去，我可是没有看见母亲反抗过。“没受过婆婆的气，还不受大姑子的吗？命当如此！”母亲在非解释一下不足以平服别人的时候，才这样说。是的，命当如此。母亲活到老，穷到老，辛苦到老，全是命当如此。她最会吃亏。给亲友邻居帮忙，她总跑在前面：她会给婴儿洗三——穷朋友们可以因此少花一笔“请姥姥”钱——她会刮痧，她会给孩子们剃头，她会给少妇们绞脸……凡是她能做的，都有求必应。但是吵嘴打架，永远没有她。她宁吃亏，不斗气。当姑母死去的时候，母亲似乎把一世的委屈都哭了出来，一直哭到坟地。不知道哪里来的一位侄子，声称有承继权，母亲便一声不响，教他搬走那些破桌子烂板凳，而且把姑母养的一只肥母鸡也送给他。

可是，母亲并不软弱。父亲死在庚子闹“拳”的那一年。联军入城，挨家搜索财物鸡鸭，我们被搜两次。母亲拉着哥哥与三姐坐在墙根，等着“鬼子”进门，街门是开着的。“鬼子”进门，一刺刀先把老黄狗刺死，而后入室搜索。他们走后，母亲把破衣箱搬起，才发现了我。假若箱子不空，我早就被压死了。皇上跑了，丈

夫死了，鬼子来了，满城是血光火焰，可是母亲不怕，她要在刺刀下，饥荒中，保护着儿女。北平有多少变乱啊，有时候兵变了，街市整条地烧起，火团落在我们院中。有时候内战了，城门紧闭，铺店关门，昼夜响着枪炮。这惊恐，这紧张，再加上一家饮食的筹划，儿女安全的顾虑，岂是一个软弱的老寡妇所能受得起的？可是，在这种时候，母亲的心横起来，她不慌不哭，要从无办法中想出办法来。她的泪会往心中落！这点软而硬的个性，也传给了我。我对一切人与事，都取和平的态度，把吃亏看作当然的。但是，在做人上，我有一定的宗旨与基本的法则，什么事都可将就，而不能超过自己划好的界限。我怕见生人，怕办杂事，怕出头露面；但是到了非我去不可的时候，我便不得不去，正像我的母亲。从私塾到小学，到中学，我经历过起码有廿位教师吧，其中有给我很大影响的，也有毫无影响的，但是我的真正的教师，把性格传给我的，是我的母亲。母亲并不识字，她给我的是生命的教育。

当我在小学毕了业的时候，亲友一致地愿意我去学手艺，好帮助母亲。我晓得我应当去找饭吃，以减轻母亲的勤劳困苦。可是，我也愿意升学。我偷偷地考入了师范学校——制服、饭食、书籍、宿处，都由学校供给。只有这样，我才敢对母亲提升学的话。入学，要交十元的保证金。这是一笔巨款！母亲作了半个月的难，把这巨款筹到，而后含泪把我送出门去。她不辞劳苦，只要儿子有出息。当我由师范毕业，而被派为小学校校长，母亲与我都一夜不曾合眼。我只说了句："以后，您可以歇一歇了！"她的回答只有一串串的眼泪。我入学之后，三姐结了婚。母亲对儿女是都一样疼爱的，但是假若她也有点偏爱的话，她应当偏爱三姐，因为自父亲死后，家中一切的事情都是母亲和三姐共同撑持的。三姐是母亲的右手。但是母亲知道这右手必须割去，她不能为自己的便利而耽误了女儿的青春。当花轿来到我们的破门外的时候，母亲的手就和冰一样凉，脸上没有血色——那是阴历四月，天气很暖。大家都怕她晕过去。可是，她挣扎着，咬着嘴唇，手扶着门框，看花轿徐徐地走去。不久，姑母死了。三姐已出嫁，哥哥不在家，我又住学校，家中只剩母亲自己。她还须自晓至晚地操作，可是终日没人和她说一句话。新年到了，正赶上政府倡用阳历，不许过旧年。除夕，我请了两小时的假，由拥挤不堪的街市回到清炉冷灶的家中。母亲笑了。及至听说我还须回校，她愣住了。半天，她才叹出一口气来。到我该走的时候，她递给我一些花生："去吧，小子！"街上是那么热闹，我却什么也没看见，泪

遮迷了我的眼。今天，泪又遮住了我的眼，又想起当日孤独地过那凄惨的除夕的慈母。可是慈母不会再候盼着我了，她已入了土！

儿女的生命是不依顺着父母所设下的轨道一直前进的，所以老人总免不了伤心。我廿三岁，母亲要我结了婚，我不要。我请来三姐给我说情，老母含泪点了头。我爱母亲，但是我给了她最大的打击。时代使我成为逆子。廿七岁，我上了英国。为了自己，我给六十多岁的老母以第二次打击。在她七十大寿的那一天，我还远在异域。那天，据姐姐们后来告诉我，老太太只喝了两口酒，很早地便睡下。她想念她的幼子，而不便说出来。

七七抗战后，我由济南逃出来。北平又像庚子那年似的被鬼子占据了，可是母亲日夜惦念的幼子却跑西南来。母亲怎样想念我，我可以想象得到，可是我不能回去。每逢接到家信，我总不敢马上拆看，我怕，怕，怕，怕有那不祥的消息。人，即使活到八九十岁，有母亲便可以多少还有点孩子气。失了慈母便像花插在瓶子里，虽然还有色有香，却失去了根。有母亲的人，心里是安定的。我怕，怕，怕家信中带来不好的消息，告诉我已是失了根的花草。

去年一年，我在家信中找不到关于老母的起居情况。我疑虑，害怕。我想象得到，如有不幸，家中念我流亡孤苦，或不忍相告。母亲的生日是在九月，我在八月半写去祝寿的信，算计着会在寿日之前到达。信中嘱咐千万把寿日的详情写来，使我不再疑虑。十二月二十六日，由文化劳军的大会上回来，我接到家信。我不敢拆读。就寝前，我拆开信，母亲已去世一年了！

生命是母亲给我的。我之能长大成人，是母亲的血汗灌养的。我之所以能成为一个不十分坏的人，是母亲感化的。我的性格、习惯，是母亲传给的。她一世未曾享过一天福，临死还吃的是粗粮。唉！还说什么呢？心痛！心痛！

我的母亲

——邹韬奋

说起我的母亲，我只知道她是“浙江海宁查氏”，至今不知道她有什么名字！这件小事也可表示今昔时代的不同。现在的女子未出嫁的固然很“勇敢”地公开着她的名字，就是出嫁了的，也一样地公开着她的名字。不久以前，出嫁后的女子还大多数要在自己的姓上面加上丈夫的姓；通常人们的姓名只有三个字，嫁后女子的姓名往往有四个字。

在我年幼的时候，知道担任商务印书馆出版的《妇女杂志》笔政的朱胡彬夏，在当时算是有革命性的“前进的”女子了，她反抗了家里替她订的旧式婚姻，以致她的顽固的叔父宣言要用手枪打死她，但是她却仍在“胡”字前面加着一个“朱”字！近来的女子就有很多在嫁后仍只由自己的姓名，不加不减。这意义表示女子渐渐地有着她们自己的独立的地位，不是属于任何人所有的了。但是在我的母亲的时代，不但不能学“朱胡彬夏”的用法，简直根本就好像没有名字！我说“好像”，因为那时的女子也未尝没有名字，但在实际上似乎就用不着。

像我的母亲，我听见她的娘家的人们叫她作“十六小姐”，男家大家族里的人们叫她作“十四少奶”，后来我的父亲做官，人们便叫作“太太”，始终没有用她自己名字的机会！我觉得这种情形也可以暗示妇女在封建社会里所处的地位。

我的母亲在我十三岁的时候就去世了。我生的那一年是在九月里生的，她死的那一年是在五月里死的，所以我们母子两人在实际上相聚的时候只有十一年零九个月。我在这篇文里对于母亲的零星追忆，只是这十一年里的前尘影事。

我现在所能记得的最初对于母亲的印象，大约在两三岁的时候。我记得有一天夜里，我独自一人睡在床上，由梦里醒来，蒙昽中睁开眼睛，模糊中看见由垂着的帐门射进来的微微的灯光。在这微微的灯光里瞥见一个青年妇人拉开帐门，微笑着把我抱起来。她嘴里叫我什么，并对我说了什么，现在都记不清了，只记得她把我负在她的背上，跑到一个灯光灿烂人影幢幢往来的大客厅里，走来走去“巡阅”着。大概是元宵吧，这大客厅里除有不少成人谈笑着外，有二三十个孩童提着各色各样的纸灯，里面燃着蜡烛，三五成群地跑着玩。我此时伏在母亲的背上，半醒半睡似的微张着眼看这个，望那个。那时我的父亲还在和祖父同住，过着“少爷”的生活；父亲有十来个弟兄，有好几个都结了婚，所以这大家族里看着这么多的孩子。母亲也做了这大家族里的一分子。她十五岁就出嫁，十六岁那年养我，这个时候才十七八岁。我由现在追想当时伏在她的背上睡眼惺忪所见着的她的容态，还感觉到她的活泼的欢悦的柔和的青春的美。我生平所见过的女子，我的母亲是最美的一个，就是当时伏在母亲背上的我，也能觉到在那个大客厅里许多妇女里面：没有一个及得到母亲的可爱。我现在想来，大概在我睡在房里的时候，母亲看见许多孩子玩灯热闹，便想起了我，也许蹑手蹑脚到我床前看了好几次，见我醒了，便负我出去一饱眼福。这是我对母亲最初的感觉，虽则在当时的幼稚脑袋里当然不知道什么叫作母爱。

后来祖父年老告退，父亲自己带着家眷在福州做候补官。我当时有了五六岁，比我小两岁的二弟已生了。家里除父亲母亲和这个小弟弟外，只有母亲由娘家带来的一个青年女仆，名叫妹仔。“做官”似乎怪好听，但是当时父亲赤手空拳出来做官，家里一贫如洗。

我还记得，父亲一天到晚不在家里，大概是到“官场”里“应酬”去了，家里没有米下锅；妹仔替我们到附近施米给穷人的一个大庙里去领“仓米”，要先在庙前人山人海里面拥挤着领到竹签，然后拿着竹签再从挤得水泄不通的人群中，带着粗布袋挤到里面去领米；母亲在家里横抱着哭泣着的二弟踱来踱去，我在旁坐在一只小椅上呆呆地望着母亲，当时不知道这就是穷的景象，只诧异着母亲的脸何以那样苍白，她那样静寂无语地好像有着满腔无处诉的心事。妹仔和母亲非常亲热，她们竟好像母女，共患难，直到母亲病得将死的时候，她还是不肯离开她，把孝女自居，寝食俱废地照顾着母亲。

母亲喜欢看小说，那些旧小说，她常常把所看的内容讲给妹仔听。她讲得娓娓动听，妹仔听着忽而笑容满面，忽而愁眉双锁。章回的长篇小说一下讲不完，妹仔就很不耐地等着母亲再看下去，看后再讲给她听。往往讲到孤女患难，或义妇含冤的凄惨的情形，她两人便都热泪盈眶，泪珠尽往颊上涌流着。那时的我立在旁边瞧着，莫名其妙，心里不明白她们为什么那样无缘无故地挥泪痛哭一顿，和在上面看到穷的景象一样地不明白

其所以然。现在想来，才感觉到母亲的情感的丰富，并觉得她的讲故事能那样地感动着妹仔。如果母亲生在现在，有机会把自己造成一个教员，必可成为一个循循善诱的良师。

我六岁的时候，由父亲自己为我“发蒙”，读的是《三字经》，第一天上的课是“人之初，性本善；性相近，习相远”。一点儿莫名其妙！一个人坐在一个小客厅的炕床上“朗诵”了半天，苦不堪言！母亲觉得非请一位“西席”老夫子，总教不好，所以家里虽一贫如洗，情愿节衣缩食，把省下的钱请一位老夫子。说来可笑，第一个请来的这位老夫子，每月束脩只需四块大洋（当然供膳宿），虽则这四块大洋，在母亲已是一件很费筹措的事情。我到十岁的时候，读的是“孟子见梁惠王”，教师的每月束脩已加到十二元，算增加了三倍。到年底的时候，父亲要“清算”我平日的功课，在夜里亲自听我背书，很严厉，桌上放着一根两指阔的竹板。我的背向着他立着背书，背不出的时候，他提一个字，就叫我回转身来把手掌展放在桌上，他拿起这根竹板很重地打下来。我吃了这一下苦头，痛是血肉的身体所无法避免的感觉，当然失声地哭了，但是还要忍住哭，回过身去再背。不幸又有一处中断，背不下去，经他再提一字，再打一下。呜呜咽咽地背着那位前世冤家的“见梁惠王”的“孟子”！

我自己呜咽着背，同时听得见坐在旁边缝纫着的母亲也唏唏嘘嘘地泪如泉涌地哭着。

我心里知道她见我被打，她也觉得好像刺心的痛苦，和我表着十二分的同情，但她却时时从呜咽着的断断续续的声音里勉强说着“打得好”！她的饮泣吞声，为的是爱她的儿子；勉强硬着头皮说声“打得好”，为的是希望她的儿子上进。由现在看来，这样的教育方法真是野蛮之至！但于我不敢怪我的母亲，因为那个时候就只有这样野蛮的教育法；如今想起母亲见我被打，陪着我一同哭，那样的母爱，仍然使我感念着我的慈爱的母亲。背完了半本“梁惠王”，右手掌打得发肿有半寸高，偷向灯光中一照，通亮，好像满肚子装着已成熟的丝的蚕身一样。母亲含着泪抱我上床，轻轻把被窝盖上，向我额上吻了几吻。

当我八岁的时候，二弟六岁，还有一个妹妹三岁。三个人的衣服鞋袜，没有一件不是母亲自己做的。她还时常收到一些外面的女红来做，所以很忙。我在七八岁时，看见母亲那样辛苦，心里已知道感觉不安。记得有一个夏天的深夜，我忽然从睡梦中醒了起来，因为我的床背就紧接着母亲的床背，所以从帐里望得见母亲独自一人在灯下做鞋底，我心里又想起母亲的劳苦，辗转反侧睡不着，很想起来陪陪母亲。但是小孩子深夜不好好地睡，是要受到大人的责备的，就说是要起来陪陪母亲，一定也要被申斥几句，万不会被准许的（这至少是当时我的心理），于是想出一个借口来试试看，便叫声母亲，说太热睡不着，要起来坐一会儿。出乎我意料之外的，母亲居然许我起来坐在她的身边。我眼巴巴地望着她额上的汗珠往下流，手上一针不停地做着布鞋——做给我穿的。这时万籁俱寂，只听到嘀嗒的钟声，和可以微闻得到的母亲的呼吸。我心里暗自想念着，为着我要穿鞋，累母亲深夜工作不休，心上感到说不出地歉疚，又感到坐着陪陪母亲，似乎可以减轻些心里的不安成分。当时一肚子里充满着这些心事，却不敢对母亲说出一句。才坐了一会儿，又被母亲赶上床去睡觉，她说小孩子不好好地睡，起来干什么！现在我的母亲不在了，她始终不知道她这个小儿子心里有过这样的一段不敢说出的心理状态。

母亲死的时候才廿九岁，留下了三男三女。在临终的那一夜，她神志非常清楚，忍泪叫着一个一个子女嘱咐一番。她临去最舍不得的就是她这一群的子女。

我的母亲只是一个平凡的母亲，但是我觉得她的可爱的性格，她的努力的精神，她的能干的才具，都埋没在封建社会的一个家族里，都葬送在没有什么意义的事务上，否则她一定可以成为社会上一个更有贡献的分子。我也觉得，像我的母亲这样被埋没葬送掉的女子不知有多少！

我的母亲

——胡　适

我小时身体弱，不能跟着野蛮的孩子们一块儿玩。我母亲也不准我和他们乱跑乱跳。小时不曾养成活泼游戏的习惯，无论在什么地方，我总是文绉绉的。所以家乡老辈都说我“像个先生样子”，遂叫我作“穈先生”。这个绰号叫出去之后，人都知道三先生的小儿子叫作穈先生了，既有“先生”之名，我不能不装出点“先生”样子，更不能跟着顽童们“野”了。有一天，我在我家八字门口和一班孩子“掷铜钱”，一位老辈走过，见了我，笑道：“穈先生也掷铜钱吗？”我听了羞愧得面红耳热，觉得太失了“先生”的身份！

大人们鼓励我装先生样子，我也没有嬉戏的能力和习惯，又因为我确是喜欢看书，所以我一生可算是不曾享过儿童游戏的生活。每年秋天，我的庶祖母同我到田里去“监割”（顶好的田，水旱无忧，收成最好，佃户每约田主来监割，打下谷子，两家平分），我总是坐在小树下看小说。十一二岁时，我稍活泼一点，居然和一群同学组织了一个戏剧班，做了一些木刀竹枪，借得了几副假胡须，就在村口田里做戏。我做的往往是诸葛亮、刘备一类的文角儿；只有一次我做史文恭，被花荣一箭从椅子上射倒下去，这算是我最活泼的玩意儿了。

我在这九年（1895—1904）之中，只学得了读书写字两件事。在文字和思想（看文章）的方面，不能不算是打了一点儿底子。但别的方面都没有发展的机会。有一次我们村里“当朋”（八都凡五村，称为“五朋”，每年一村轮着做太子会，名为“当朋”），筹备太子会，有人提议要派我加入前村的昆腔队学习吹笙或吹笛。族里长辈反对，说我年纪太小，不能跟着太子会走遍五朋。于是我便失掉了这学习音乐的唯一机会。三十年来，我不曾拿过乐器，也全不懂音乐；究竟我有没有一点儿学音乐的天资，我至今还不知道。至于学图画，更是不可能的事。我常常用竹纸蒙在小说书的石印绘像上，摹画书上的英雄、美人。有一天，被先生看见了，挨了一顿大骂，抽屉里的图画都被搜出撕毁了。于是我又失掉了学做画家的机会。

但这九年的生活，除了读书看书之外，究竟给了我一点儿做人的训练。在这一点上，我的恩师就是我的慈母。

每天天刚亮时，我母亲就把我喊醒，叫我披衣坐起。我从不知道她醒来坐了多久了。她看我清醒了，才对我说昨天我做错了什么事，说错了什么话，要我认错，要我用功读书。有时候她对我说父亲的种种好处，她说："你总要踏上你老子的脚步。我一生只晓得这一个完全的人，你要学他，不要跌他的股。"（跌股便是丢脸、出丑。）她说到伤心处，往往掉下泪来。到天大明时，她才把我的衣服穿好，催我去上早学。学堂门上的锁匙放在先生家里；我先到学堂门口一望，便跑到先生家里去敲门。先生家里有人把锁匙从门缝里递出来，我拿了跑回去，开了门，坐下念生书。十天之中，总有八九天我是第一个去开学堂门的。等到先生来了，我背了生书，才回家吃早饭。

我母亲管束我最严，她是慈母兼严父。但她从来不在别人面前骂我一句，打我一下。我做错了事，她只对我一望，我看见了她的严厉眼光，就吓住了。犯的事小，她等到第二天早晨我睡醒时才教训我。犯的事大，她等到晚上人静时，关了房门，先责备我，然后行罚，或罚跪，或拧我的肉，无论怎样重罚，总不许我哭出声音来。她教训儿子不是借此出气叫别人听的。

有一个初秋的傍晚，我吃了晚饭，在门口玩，身上只穿着一件单背心。这时候我母亲的妹子玉英姨母在我家住，她怕我冷了，拿了一件小衫出来叫我穿上。我不肯穿，她说："穿上吧，凉了。"我随口回答："娘（凉）什么！老子都不老子呀。"我刚说了这句话，一抬头，看见母亲从家里走出，我赶快把小衫穿上。但她已听见这句轻薄的话了。晚上人静后，她罚我跪下，重重地责罚了一顿。她说："你没了老子，是多么得意的事！好用来说嘴！"她气得坐着发抖，也不许我上床去睡。我跪着哭，用手擦眼泪，不知擦进了什么微菌，后来足足害了一年多的眼翳病。医来医去，总医不好。我母亲心里又悔又急，听说眼翳可以用舌头舔去，有一夜她把我叫醒，她真用舌头舔我的病眼。这是我的严师，我的慈母。

我母亲二十三岁做了寡妇，又是当家的后母。这种生活的痛苦，我的笨笔写不出万分之一二。家中经济本不宽裕，全靠二哥在上海经营调度。大哥从小就是败子，吸鸦片烟，赌博，钱到手就光，光了就回家打主意，见了香炉就拿出去卖，捞着锡茶壶就拿出去押。我母亲几次邀了本家长辈来，给他定下每月用费的数目。但他总不够用，到处都欠下烟债赌债。每年除夕我家中总有一大群讨债的，每人一盏灯笼，坐在大厅上不肯去。大哥早已避出去了。大厅的两排椅子上满满的都是灯笼和债主。我母亲走进走出，料理年夜饭、谢灶神、压岁钱等事，只当作不曾看见这一群人。到了近半夜，快要“封门”了，我母亲才走后门出去，央一位邻舍本家到我家来，每一家债户开发一点儿钱。作好作歹的，这一群讨债的才一个一个提着灯笼走出去。一会儿，大哥敲门回来了。我母亲从不骂他一句。并且因为是新年，她脸上从不露出一点儿怒色。这样的过年，我过了六七次。

大嫂是个最无能而又最不懂事的人，二嫂是个很能干而气量很窄小的人。她们常常闹意见，只因为我母亲的和气榜样，她们还不曾有公然相打相骂的事。她们闹气时，只是不说话，不答话，把脸放下来，叫人难看；二嫂生气时，脸色变青，更是怕人。她们对我母亲闹气时，也是如此。我起初全不懂得这一套，后来也渐渐懂得看人的脸色了。我渐渐明白，世间最可厌恶的事莫如一张生气的脸；世间最下流的事莫如把生气的脸摆给旁人看。这比打骂更难受。

我母亲的气量大，性子好，又因为做了后母后婆，她更事事留心，事事格外容忍。大哥的女儿比我只小一岁，她的饮食衣料总是和我的一样。我和她有小争执，总是我吃亏，母亲总是责备我，要我事事让她。后来大嫂、二嫂都生了儿子了，她们生气时便打骂孩子来出气，一面打，一面用尖刻有刺的话骂给别人听。我母亲只装作没听见。有时候，她实在忍不住了，便悄悄走出门去，或到左邻立大嫂家去坐一会儿，或走后门到后邻度嫂家去闲谈。她从不和两个嫂子吵一句嘴。

每个嫂子一生气，往往十天半个月不歇，天天走进走出，板着脸，咬着嘴，打骂小孩子出气。我母亲只忍耐着，忍到实在不可再忍的一天，她也有她的法子。这一天的天明时，她就不起床，轻轻地哭一场。她不骂一个人，只哭她的丈夫，哭她自己命苦，留不住她丈夫来照管她。她刚哭时，声音很低，渐渐哭出声来。我醒了起来劝她，她不肯住。这时候，我总听得见前堂（二嫂住前堂东房）或后堂（大嫂住后堂西房）有一扇门开了，一个嫂子走出房向厨房走去。不多一会儿，那位嫂子来敲我们的房门了。我开了房门，她走进来，捧着一碗热茶。我母亲慢慢止住哭声，伸手接了茶碗。那位嫂子站着劝一会儿，才退出去，没有一句话提到什么人，也没有一个字提到这十天半个月来的气脸，然而各人心里明白，泡茶进来的嫂子总是那十天半个月来闹气的人，奇怪得很，这一哭之后，至少有一两个月的太平清净日子。

我母亲待人最仁慈，最温和，从来没有一句伤人感情的话。但她有时候也很有刚气，不受一点儿人格上的侮辱。我家五叔是个无正业的浪人，有一天在烟馆里发牢骚，说我母亲家中有事总请某人帮忙，大概总有什么好处给他。这句话传到了我母亲耳朵里，她气得大哭，请了几位本家来，把五叔喊来，她当面质问他她给了某人什么好处。直到五叔当众认错赔罪，她才罢休。

我在我母亲的教训之下度过了少年时代，受了她的极大极深的影响。我十四岁（其实只有十二岁零两三个月）就离开她了。在这广漠的人海里独自混了二十多年，没有一个人管束过我。如果我学得了一丝一毫的好脾气，如果我学得了一点点待人接物的和气，如果我能宽恕人，体谅人——我都得感谢我的慈母。

母亲的羽衣

——张晓风

讲完了牛郎织女的故事，细看儿子已经垂睫睡去，女儿却犹自瞪着坏坏的眼睛。

忽然，她一把抱紧我的脖子把我坠得发疼：

“妈妈，你说，你是不是仙女变的？”

我一时愣住，只胡乱应道：

“你说呢？”

“你说，你说，你一定要说。”她固执地扳住我不放，“你到底是不是仙女变的？”

☆ ☆ ☆

我是不是仙女变的？——哪一个母亲不是仙女变的？

像故事中的小织女，每一个女孩都曾住在星河之畔，她们织虹纺霓，藏云捉月，她们几曾烦心挂虑？她们是天神最偏怜的小女儿，她们终日临水自照，惊讶于自己美丽的羽衣和美丽的肌肤，她们久久凝注着自己的青春，被那份光华弄得痴然如醉。

而有一天，她的羽衣不见了，她换上了人间的粗布——她已经决定做一个母亲。有人说她的羽衣被锁在箱子里，她再也不能飞翔了。人家还说，是她丈夫锁上的，钥匙藏在极秘密的地方。

可是，所有的母亲都明白那仙女根本就知道箱子在哪里，而且她也知道藏钥匙的所在。在某个无人的时刻，她甚至会惆怅地开启箱子，用忧伤的目光抚摸那些柔软的羽毛。她知道，只要羽衣一着身，她就会重新回到云端，可是她把柔软白亮的羽毛拍了又拍，仍然无声无息地关上箱子，藏好钥匙。

是她自己锁住那身昔日的羽衣的。

她不能飞了，因为她已不忍飞去。

☆ ☆ ☆

而狡黠的小女儿总是偷窥到那藏在母亲眼中的秘密。

许多年前，那时我自己还是一个小女孩，我总是惊奇地窥伺着母亲。

她在口琴背上刻了小小的两个字——静鸥，那里面有什么故事吗？那不是母亲的名字，却是母亲名字的谐音，她也曾梦想过自己是一只静栖的海鸥吗？她不怎么会吹口琴，我甚至想不起她吹过什么好听的歌，但那名字对我而言是母亲神秘的羽衣。她轻轻写下那两个字的时候，她可以立刻变了一个人，她在那名字里是另外一个我所不认识的有翅的什么。

母亲晒箱子的时候是她另外一种异常的时刻，母亲似乎有好些东西，完全不是拿来用的，只为放在箱底，按时年年在三伏天取出来曝晒（想想，在战争的年代，她拖着五个孩子，隔山跨海到台湾，居然还带上这些家当——而父亲并不在她身边，他总是在战场上）。

记忆中母亲晒箱子的时候就是我兴奋欲狂的时候。

母亲晒些什么？我已不全记得，记得的是樟木箱又深又沉，像一个混沌黝黑初生的宇宙。另外还记得的是阳光下竹竿上富丽夺人的颜色、景德镇的瓷碗以及怪异却又严肃的樟脑味，加上我在母亲喝禁声中东摸摸西探探的快乐。

我唯一真正记得的一件东西是幅漂亮的湘绣被面，雪白的缎子上，绣着兔子和翠绿的小白菜，和红艳欲滴的小杨花萝卜，全幅上还绣了许多别的令人惊讶赞叹的东西，母亲一面整理，一面会忽然回过头来说："别碰，别碰，等你结婚就送给你。"

我小的时候好想结婚，当然也有点害怕，不知为什么，仿佛所有的好东西都是等结了婚就自然是我的了——我觉得一下子有那么多好东西也是怪可怕的事。

那幅湘绣后来好像不知怎么就消失了，我也没有细问。对我而言，那么美丽得不近乎真实的东西，一旦消失，是一件合理得不能再合理的事。譬如初春的桃花、深秋的枫红，在我看来都是美丽得违了规的东西，是茫茫大化一时的错误，才胡乱把那么多的美堆到一种东西上去，桃花理该一夜消失的，不然岂不教世人都疯了？

湘绣的消失对我而言简直就是复归大化了。

但不能忘记的是母亲打开箱子时那份欣悦自足的表情，她慢慢地看着那幅湘绣，那时我觉得她忽然不属于周遭的世界，那时候她会忘记晚饭，忘记我扎辫子的红绒绳。她的姿势细想起来，实在是仙女依恋地轻抚着羽衣的姿势，那里有一个前世的记忆，她又快乐又悲哀地将之一一拾起。但是她也知道，她再也不会去拾起往昔了——唯其不会重拾，所以回顾的一刹那便更特别地深情凝重。

除了晒箱子，母亲最爱回顾的是早逝的外公对她的宠爱。有时她胃痛，卧在床上，要我把头枕在她的胃上，她慢慢地说起外公。外公似乎很舍得花钱（当然也因为有钱），常常带她上街去吃点心（那时她离家去南京读书并住校）。她总是告诉我当年的肴肉和汤包怎么好吃，甚至煎得两面黄的炒面和女生宿舍里早晨包月订购的冰糖豆浆（母亲一再强调“冰糖”豆浆，因为那当然是比“砂糖”豆浆更为高贵的），都是超乎我想象力之外的美味。我每听她说起那些事的时候，都惊讶万分——我无论如何不能把那些事和母亲联想在一起。我从有记忆起，母亲就是一个吃剩菜的角色，红烧肉和新炒的蔬菜简直就是理所当然地放在父亲面前的。她自己的面前永远是一盘杂拼的剩菜和一碗“擦锅饭”（擦锅饭就是把剩饭在炒完菜的铁锅中炒一炒，把锅中的菜汁都擦干净了的那种饭），我简直想不出她不吃剩菜的时候是什么样子。

而母亲口里的外公，加上上海、南京、汤包、肴肉全是仙境里的东西。母亲每讲起那些事，总有无限的温柔，她既不感伤，也不怨叹，只是那样平静地说着。她并不要把那个世界拉回来，我一直都知道这一点，我很安心。我知道下一顿饭她仍然会坐在老地方，吃那盘我们大家都不爱吃的剩菜。而到夜晚，她会照例一个门一个窗地去检点去上闩。她一直都负责把自己牢锁在这个家里。

哪一个母亲不曾是穿着羽衣的仙女呢？只是她藏好了那件衣服，然后用最黯淡的一件粗布把自己掩藏了，我们有时以为她一直就是那样的。

☆ ☆ ☆

而此刻，那刚听完故事的小女儿鬼鬼地在窥伺着什么？

她那么小，她何由得知？她是看多了卡通，听多了故事吧？她也发现了什么吗？

是在我的集邮本偶然被儿子翻出来的那一刹那吗？是在我拣出石涛画册或汉碑并一页页细味的那一刻吗？是在我猛然回首听他们弹一阕熟悉的钢琴练习曲的时候吗？抑是在我带他们走过年年的春光，不自主地驻足在杜鹃花旁或流苏树下的一瞬间吗？

或是在我动容地托住父亲的勋章或童年珍藏的北平画片的时候，或是在我翻拣夹在大字典里的干叶之际，或是在我轻声地教他们背一首唐诗的时候……

是有什么语言自我眼中流出呢？是有什么音乐自我腕底泻过吗？为什么那小女孩会问道：

“妈妈，你是不是仙女变的呀？”

我不是一个和千万母亲一样安分的母亲吗？我不是把属于女孩的羽衣收折得极为秘密吗？我在什么时候泄漏了自己呢？

在我的书桌底下放着一个被人弃置的木质砧板，我一直想把它挂起来当一幅画，那真该是一幅庄严的画，那样承受过万万千千回生活的刀痕和凿印的，但不知为什么，我一直也没有把它挂出来……

天下的母亲不都是那样平凡不起眼的一块砧板吗？不都是那样柔顺地接纳了无数尖锐的割伤却默无一语的砧板吗？

而那小女孩，是凭什么神秘的直觉，竟然会问我：

“妈妈？你到底是不是仙女变的？”

我掰开她的小手，救出我被吊得酸麻的脖子，我很想对她说：

“是的，妈妈曾经是一个仙女，在她做小女孩的时候，但现在，她不是了，你才是，你才是一个小小的仙女！”

但我凝注着她晶亮的眼睛，只简单地说了一句：

“不是，妈妈不是仙女，你快睡觉。”

“真的？”

“真的！”

她听话地闭上了眼睛，旋又不放心地睁开：

“如果你是仙女，也要教我仙法哦！”

我笑而不答，只替她把被子掖好，她兴奋地转动着眼珠，不知在想什么。

然后，她睡着了。

故事中的仙女既然找回了羽衣，大约也回到云间去睡了。

风睡了，鸟睡了，连夜也睡了。

我守在两张小床之间，久久凝视着他们的睡容。

事件要典型，人物才传神

第一遍读林徽因先生的《悼志摩》，是从读者的角度，被她肝肠寸断的哀恸情绪所感染，也为人间痛失徐志摩这位“不可多得的人格”而扼腕。第二遍读林徽因先生的《悼志摩》，是从作者的角度，让我不由得击节赞叹，选取人物的典型事件，林徽因先生实在太会了！

我常在写作课上强调“人不离事”，也就是说，**写人的文章必须通过写事来实现**。你想写一个什么样的人，你想塑造什么样的人物形象，都需要通过典型事件来展现。典型事件最具说服力，所以事件的选择至关重要。

林徽因和徐志摩相识相知十年，她既了解徐志摩诗人的一面，也洞悉他诗人之外的一面。她深知“读者抱着我们文字看……要从我们口里再听到关于志摩的一些事”，所以她按住心头不时翻涌的悲绪，向读者款款道出徐志摩诗人之外的那些可爱动人的特点，并一一举出典型事件来佐证，让我们确信，“像他这样的一个人世间便不轻易有几个的，无论是在中国或是外国”。

她写志摩“孩子似的天真”，选取的事件是他在倾盆大雨中立在康桥上等候彩虹。他“猛敲房门”的那种兴奋，“睁大了眼睛，孩子似的高兴”的神采，“不等他说完，一溜烟地自己跑了”的迫不及待，还有事后“得意地笑答我说：‘完全诗意的信仰！’”，这不活脱脱正是孩童的模样？孩童的天真，孩童的傻气，孩童的痴迷，多么生动，多么典型！

她写志摩兴趣广泛，“极喜欢天文，他对天上星宿的名字和部位就认得很多，最喜暑夜观星，好几次他坐火车都是带着关于宇宙的科学的书”。他翻译过爱因斯坦的相对论，他学习极难的经济学课程赢得严苛教授的夸赞……**这些事例太有说服力，典型得让人瞠目结舌**，原来诗人之外的志摩竟然是文理兼精的通才学霸！

她写志摩对戏剧、对绘画、对建筑、对色彩、对音乐的热爱，列举的事件也都是那么典型，不论是三言两语地交代，还是细细描摹言语神态，一桩桩，一件件，全是那么地让人信服，那么地恰到好处！

读罢大师的作品，反观我们自己的写作，为笔下的人物选取最典型的事件，这难道不是我们每位写作者应做的功课吗？

——密斯於

悼志摩

——林徽因

十一月十九日我们的好朋友，许多人都爱戴的新诗人，徐志摩突兀的，不可信的，残酷的，在飞机上遇险而死去。这消息在二十日的早上像一根针刺触到许多朋友的心上，顿使那一早的天墨一般地昏黑，哀恸的咽哽锁住每一个人的嗓子。

志摩……死……谁曾将这两个句子联在一处想过！他是那样活泼的一个人，那样刚刚站在壮年的顶峰上的一个人。朋友们常常惊讶他的活动，他那像小孩般的精神和认真，谁又会想到他死？

突然的，他闯出我们这共同的世界，沉入永远的静寂，不给我们一点预告，一点准备，或是一个最后希望的余地。这种几乎近于忍心的决绝，那一天不知震麻了多少朋友的心？现在那不能否认的事实，仍然无情地挡住我们前面。任凭我们多苦楚地哀悼他的惨死，多迫切地希冀能够仍然接触到他原来的音容，事实是不会为我们这伤悼而有些许活动的可能！这难堪的永远静寂和消沉便是死的最残酷处。

我们不迷信的，没有宗教地望着这死的帷幕，更是丝毫没有把握。张开口我们不会呼吁，闭上眼不会入梦，徘徊在理智和情感的边缘，我们不能预期后会，对这死，我们只是永远发怔，吞咽枯涩的泪；待时间来剥削着哀恸的尖锐，痂结我们每次悲悼的创伤。那一天下午初得到消息的许多朋友不是全跑到胡适之先生家里么？但是除去拭泪相对，默然围坐外，谁也没有主意，谁也不知有什么话说，对这死！

谁也没有主意，谁也没有话说！事实不容我们安插任何的希望，情感不容我们不伤悼这突兀的不幸，理智又不容我们有超自然的幻想！默然相对，默然围坐……而志摩则仍是死去没有回头，没有音信，永远地不会回头，永远地不会再有音信。

我们中间没有绝对信命运之说的，但是对着这不测的人生，谁不感到惊异，对着那许多事实的痕迹又如何不感到人力的脆弱，智慧的有限。世事尽有定数？世事尽是偶然？对这永远的疑问我们什么时候能有完全的把握？

在我们前边展开的只是一堆坚质的事实：

“是的，他十九晨有电报来给我……

“十九早晨，是的！说下午三点准到南苑，派车接……

“电报是九时从南京飞机场发出的……

“刚是他开始飞行以后所发……

“派车接去了，等到四点半……说飞机没有到……

“没有到……航空公司说济南有雾……很大……”只是一个钟头的差别；下午三时到南苑，济南有雾！谁相信就是这一个钟头中便可以有这么不同事实的发生，志摩，我的朋友！

他离平的前一晚我仍见到，那时候他还不知道他次晨南旅的，飞机改期过三次，他曾说如果再改下去，他便不走了的。我和他同由一个茶会出来，在总布胡同口分手。在这茶会里我们请的是为太平洋会议来的一个柏雷博士，因为他是志摩生平最爱慕的女作家曼殊斐儿的姊丈，志摩十分的殷勤；希望可以再从柏雷口中得些关于曼殊斐儿早年的影子，只因限于时间，我们茶后匆匆地便散了。晚上我有约会出去了，回来时很晚，听差说他又来过，适遇我们夫妇刚走，他自己坐了一会儿，喝了一壶茶，在桌上写了些字便走了。我到桌上一看：

“定明早六时飞行，此去存亡不卜……”我怔住了，心中一阵不痛快，却忙给他一个电话。

“你放心。”他说，“很稳当的，我还要留着生命看更伟大的事迹呢，哪能便死？……”

话虽是这样说，他却是已经死了整两周了！

现在这事实一天比一天更结实，更固定，更不容否认。志摩是死了，这个简单残酷的实际早又添上时间的色彩，一周，两周，一直地增长下去……

我不该在这里语无伦次地尽管呻吟我们做朋友的悲哀情绪。归根说，读者抱着我们文字看，也就是像志摩的请柏雷一样，要从我们口里再听到关于志摩的一些事。这个我明白，只怕我不能使你们满意，因为关于他的事，动听的，使青年人知道这里有个不可多得的人格存在的，实在太多，绝不是几千字可以表达得完的。谁也得承认像他这样的一个人世间便不轻易有几个的，无论是在中国或是外国。

我认得他，今年整十年，那时候他在伦敦经济学院，尚未去康桥。我初次遇到他，也就是他初次认识到影响他迁学的狄更生先生。不用说他和我父亲最谈得来，虽然他们年岁上差别不算少，一见面之后便互相引为知己。他到康桥之后由狄更生介绍进了皇家学院，当时和他同学的有我姊丈温君源宁。一直到最近两个月中源宁还常在说他当时的许多笑话，虽然说是笑话，那也是他对志摩最早的一个惊异的印象。志摩认真的诗情，绝不含有任何矫伪，他那种痴，那种孩子似的天真实能令人惊讶。源宁说，有一天他在校舍里读书，外边下起了倾盆大雨——唯是英伦那样的岛国才有的狂雨——忽然他听到有人猛敲他的房门，外边跳进一个被雨水淋得全湿的客人。不用说他便是志摩，一进门一把扯着源宁向外跑，说快来我们到桥上去等着。这一来把源宁怔住了，他问志摩等什么在这大雨里。志摩睁大了眼睛，孩子似的高兴地说“看雨后的虹去”。源宁不止说他不去，并且劝志摩趁早将湿透的衣服换下，再穿上雨衣出去，英国的湿气岂是儿戏，志摩不等他说完，一溜烟地自己跑了。

以后我好奇地曾问过志摩这故事的真确，他笑着点头承认这全段故事的真实。我问：那么下文呢，你立在桥上等了多久，并且看到虹了没有？他说记不清，但是他居然看到了虹。我诧异地打断他对那虹的描写，问他怎么他便知道，准会有虹的。他得意地笑答我说："完全诗意的信仰！"

"完全诗意的信仰"，我可要在这里哭了！也就是为这"诗意的信仰"他硬要借航空的方便达到他"想飞"的夙愿！"飞机是很稳当的，"他说，"如果要出事那是我的运命！"他真对运命这样完全诗意的信仰！

志摩，我的朋友，死本来也不过是一个新的旅程，我们没有到过的，不免过分地怀疑，死不定就比这生苦，"我们不能轻易断定那一边没有阳光与人情的温慰"，但是我前边说过最难堪的是这永远的静寂。我们生在这没有宗教的时代，对这死实在太没有把握了。这以后许多思念你的日子，怕要全是昏暗的苦楚，不会有一点点光明，除非我也有你那美丽的诗意的信仰！

我个人的悲绪不意又来扰乱我对他生前许多清晰的回忆，朋友的原谅。

诗人的志摩用不着我来多说，他那许多诗文便是

估价他的天平。我们新诗的历史才是这样的短，恐怕他的判断人尚在我们儿孙辈的中间。我要谈的是诗人之外的志摩。人家说志摩的为人只是不经意的浪漫，志摩的诗全是抒情诗，这断语从不认识他的人听来可以说很公平，从他朋友们看来实在是对不起他。志摩是个很古怪的人，浪漫固然，但他人格里最精华的却是他对人的同情，和蔼，和优容；没有一个人他对这个人不和蔼，没有一种人，他不能优容，没有一种的情感，他绝对地不能表同情。我不说了解，因为不是许多人爱说志摩最不解人情么？我说他的特点也就在这上头。

我们寻常人就爱说了解：能了解的我们便同情，不了解的我们便很落寞乃至于酷刻。表同情于我们能了解的，我们以为很适当；不表同情于我们不能了解的，我们也认为很公平。志摩则不然，了解与不了解，他并没有过分地夸张，他只知道温存，和平，体贴，只要他知道有情感的存在，无论出自何人，在何等情况下，他理智上认为适当与否，他全能表几分同情，他真能体会原谅他人与他自己不相同处。从不会刻薄地单支出严格的迫仄的道德的天平指摘凡是与他不同的人。他这样的温和，这样的优容，真能使许多人惭愧，我可以忠实地说，至少他要比我们多数的人伟大许多；他觉得人类各种的情感动作全有它不同的，价值放大了的人类的眼光，同情是不该只限于我们划定的范围内。他是对的，朋友们，归根说，我们能够懂得几个人，了解几桩事，几种情感？哪一桩事，哪一个人没有多面的看法！为此说来志摩的朋友之多，不是个可怪的事；凡是认得他的人不论深浅对他全有特殊的感情，也是极为自然的结果。而反过来看他自己在他一生的过程中却是很少得着同情的。不止如是，他还曾为他的一点理想的愚诚几次几乎不见容于社会。但是他却未曾为这个鄙吝他给他人的同情心，他的性情，不曾为受了刺激而转变刻薄暴戾过，谁能不承认他几有超人的宽量。

志摩的最动人的特点，是他那不可信的纯净的天真，对他的理想的愚诚，对艺术欣赏的认真，体会情感的切实，全是难能可贵到极点。他站在雨中等虹，他甘冒社会的大不韪争他的恋爱自由；他坐曲折的火车到乡间去拜哈岱，他抛弃博士一类的引诱卷了书包到英国，只为要拜罗素做老师，他为了一种特异的境遇，一时特异的感动，从此在生命途中冒险，从此抛弃所有的旧业，只是尝试写几行新诗——这几年新诗尝试的运命并不太令人踊跃，冷嘲热讽只是家常便饭——他常能走几里路去采几茎花，费许多周折去看一个朋友说两句话；这些，还有许多，都不是我们寻常能够轻易了解的神秘。我说神秘，其实竟许是傻，是痴！事实上他只是比我们认真，虔诚到傻气，到痴！他愉快起来他的快乐的翅膀可以碰得到天；他忧伤起来，他的悲戚是深得没有底。寻常评价的衡量在他手里失了效用，利害轻重他自有他的看法，纯是艺术的情感的脱离寻常的原则，所以往常人常听到朋友们说到他总爱带着嗟叹的口吻说："那是志摩，你又有什么法子！"他真的是个怪人么？朋友们，不，一点都不是，他只是比我们近情，比我们热诚，比我们天真，比我们对万物都更有信仰，对神，对人，对灵，对自然，对艺术！

朋友们，我们失掉的不只是一个朋友、一个诗人，我们丢掉的是个极难得可爱的人格。

至于他的作品全是抒情的么？他的兴趣只限于情感么？更是不对。志摩的兴趣是极广泛的。他始终极喜欢天文，他对天上星宿的名字和部位就认得很多，最喜暑夜观星，好几次他坐火车都是带着关于宇宙的科学的书。他曾经译过爱因斯坦的相对论，并且在一九二二年便写过一篇关于相对论的东西登在《民铎》杂志上。他常向思成说笑："任公先生的相对论的知识还是从我徐君志摩大作上得来的呢，因为他说他看过许多关于爱因斯坦的哲学都未曾看懂，看到志摩的那篇才懂了。”今夏我在香山养病，他常来闲谈，有一天谈到他幼年上学的经过和美国克莱克大学两年学经济学的景况，我们不禁对笑了半天，后来他在他的《猛虎集》的“序”里也说了那么一段。可是奇怪的！他不像许多天才，幼年里上学，不是不及格，便是被斥退，他是常得优等的，听说有一次康乃尔暑校里一个极严的经济教授还写了信去克莱克大学教授那里恭维他的学生，关于一门很难的功课。我不是为志摩在这里夸张，因为事实上只有为了这桩事，今夏志摩自己便笑得不亦乐乎！

此外，他的兴趣对于戏剧绘画都极深浓，戏剧不用说，与诗文是那么接近，他领略绘画的天才也颇为可观，后期印象派的几个画家，他都有极精密的爱恶，对于文艺复兴时代那几位，他也很熟悉，他最爱鲍蒂切利和达文骞。自然他也常承认文人喜画常是间接地受了别人论文的影响，他的，就受了法兰（Roger Fry）和斐德（Walter Pater）的不少。对于建筑审美他常常对思成和我道歉说：“太对不起，我的建筑常识全是 Ruskins 那一套。”他知道我们是讨厌 Ruskins 的。但是为看一个古建的残址、一块石刻，他比任何人都热心，都更能静心领略。

他喜欢色彩，虽然他自己不会作画，暑假里他曾从杭州给我几封信，他自己叫它们作“描写的水彩画”，他用英文极细致地写出西（边？）桑田的颜色，每一分嫩绿，每一色鹅黄，他都仔细地观察到。又有一次他望着我园里一带断墙半晌不语，过后他告诉我说，他正在默默体会，想要描写那墙上向晚的艳阳和刚刚入秋的藤萝。

对于音乐，中西的他都爱好，不止爱好，他那种热心便唤醒过北京一次——也许唯一的一次——对音乐的注意。谁也忘不了那一年，克拉斯拉到北京在“真光”拉一个多钟头的提琴。对旧剧他也得算“在行”，他最后在北京那几天我们曾接连地同去听好几出戏，回家时我们讨论的热毛，比任何剧评都诚恳都起劲。

谁相信这样的一个人，这样忠实于“生”的一个人，会这样早地永远地离开我们另投一个世界，永远地静寂下去，不再透些许声息！

我不敢再往下写，志摩若是有灵听到比他年轻许多的一个小朋友拿着老声老气的语调谈到他的为人不觉得不快么？这里我又来个极难堪的回忆，那一年他在这同一个的报纸上写了那篇伤我父亲惨故的文章，这梦幻似的人生转了几个弯，曾几何时，却轮到我在这风紧夜深里握吊他的惨变。这是什么人生？什么风涛？什么道路？志摩，你这最后的解脱未始不是幸福，不是聪明，我该当羡慕你才是。

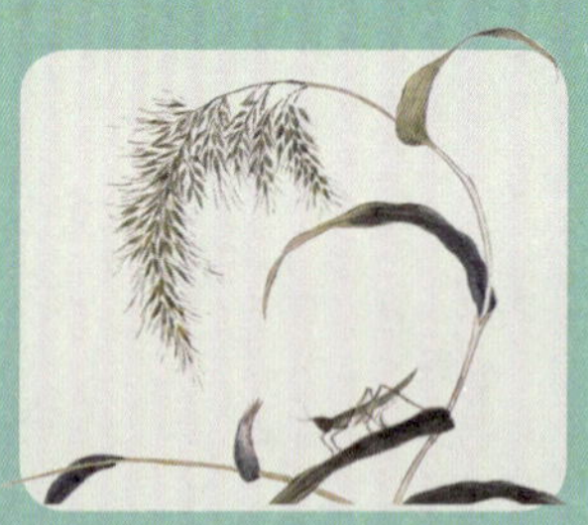

在龙眼树上哭泣的小孩

——黄春明

过去四季的各类蔬果，以及海产的鱼虾贝类，分别在菜市场出现的时候，人们就知道当下的季节和月份。比如说，当人们看到凤梨和龙眼的盛产时，他们都知道，时值农历的七月鬼节。七月普度的供桌上，除了三牲酒礼，还有糕饼、鲜花、青果；其中一定有凤梨（旺莱）和龙眼，并且数量很多，因为贡品里面凤梨和龙眼算是最便宜的了。在闽南的谚语里面，有这样的一句："旺莱龙眼，排排一桌顶。"将凤梨和龙眼堆排在桌上，那一定是在拜七月好兄弟才如此，平时不可能买很多水果排放在桌上。

我们的记忆，都寄放在许多的人、事、物上，并且每个人寄放记忆的人、事、物，各自不同。我个人对龙眼就有两件深刻的记忆。

七岁那一年，随阿公到了他的友人家，他们一见面，热络得把小孩子忘在一边。当我表示无聊吵着要回家时，那位我叫叔公的抱歉地说：“啊，我忘了！我带你到后院，后院的龙眼生得累累的。”他问我会不会爬树，阿公在旁说：“这孩子像猴子一样，他常常爬帝爷庙前的大榕树。”他们把我留在树上，又到屋里喝茶聊天去了。我看到树上累累的龙眼，高兴得不得了，一上树，马上就摘一把龙眼吃。当然，这一把吃完还可以再摘。

阿公他们聊天聊到差不多了，就到后院来带我回家。他们惊讶地看到我抱着龙眼树的树干在哭，不约而同地问我：“你为什么哭？”我望着仍然果实累累的龙眼树，哭着说：“龙眼那么多，我吃不完……”

我的话让两位老人笑弯了腰。后来我长大了，想到这件事还总是不忘记再嘲笑自己一番。

还有一段有关龙眼的记忆。

那时我上小学四年级了，有一位代课的女老师，要我们画《我的母亲》。当同学们都埋头画他们的妈妈时，我还愣在那里不知怎么好。老师责问我为什么还不画，我很小声说：“我母亲死了。”老师突然客气起来，她很同情地问我：“你妈妈什么时候死的？”我只

知道是在我一年级的时候，不知是哪一天。我便小声地说："我忘记了，我不知道。""不知道？"她小声而急切地问我。这下我真的愣住了。老师再问我一次，我还是答不上来。她急了："什么？妈妈哪一天死的都不知道，你已经四年级了呢！"同学们的注意力都被老师的话吸引过来了。老师看到同学们都在看我们，就叫我站起来。她大声地说："各位同学，黄 × × 说不知自己妈妈是哪一天死的！"许多同学不知道是讨好老师，或是怎么的，竟然哄笑起来。"有这样的孩子？妈妈哪一天死的都不知道！你的生日知道不知道？"我想我不能再沉默了，就说："我知道。"老师用很奇怪的声音清了一下嗓子说："有这样的学生！妈妈哪一天死了不知道，只知道自己的生日！"同学们笑得更厉害，我简直羞死了。我想我真不应该，我想我犯大错了，有多大，我不知道。难堪之余我急出了答案来。我说："老师，我知道了。"

"哪一天？"

"龙眼很多的那一天。"

老师惊叫："什么龙眼很多的那一天？"

同学们的笑声差点把教室的屋顶掀了。

那一节课老师就让我一直站在那里，没理我。我想起妈妈死的那一天的经过，仍历历在目，就像电影一样，在我脑子里重翻了一遍。

妈妈弥留那一天，家里来了很多人，我平时很少见到他们，据说都是我们的亲戚。阿嬷里里外外忙着。中午已过多时，我和弟弟因为还没吃，所以向阿嬷叫肚子饿。阿嬷严厉地骂我说："你瞎了，你母亲快死了，你还叫肚子饿！"我们小孩当然不知道母亲快死了就不能叫肚子饿，不过看阿嬷那么生气，我们只好不再叫饿。我和弟弟各拿一个空罐准备到外头去捡龙眼核玩。我家外头被卫生单位泼洒了浓浓的消毒药水，还围了一圈草绳，因为妈妈感染了霍乱。我们撩开草绳就钻出去了。我们沿路捡路人随地吐出来的龙眼核，一直捡到帝爷庙的榕树下。看见有一群老人围在那里聊天，其中有人在吃龙眼，我和弟弟就跟人挤在一起，为的是等吃龙眼的人吐出龙眼核。就这样过了一阵子，阿公急急忙忙走过来了。这里的老人都认识阿公，也知道他的儿媳妇病危，有人问他："允成，你儿媳妇现在怎么样了？"他没有直接回答老朋友的问话，只对我们两个小孩说："你母亲都快死了，你们跑这里来干什么！"说完拉着

弟弟就走。我跟随在后头，只知道妈妈快死了，但是一点也不懂得难过。

当阿公带我们回到家门口时，暗暗的屋里看不到人影，但我听见异口同声的一句话从里头传出来，他们说："啊！回来了！"

进到里面，弟弟被推到妈妈的身边，妈妈有气无力地交代他要乖，要听话。弟弟被拉开之后轮到我靠近妈妈的时候，我还没等妈妈开口，就把捡了半罐的龙眼核亮给妈妈看，我说："妈妈你看，我捡了这么多的龙眼核。"我的话一说完，围在旁边的大人，特别是女人，都哭起来了。我被感染，也被吓着了。没一会儿，妈妈就死了。哪知道，"妈妈你看，我捡了这么多的龙眼核"这一句竟然是我和母亲最后的话别。

长大之后，看到龙眼树开花的时候，我就想，快到了；当有人挑龙眼出来卖，有人吃着龙眼吐龙眼核的时候，我就告诉自己："妈妈就是这一天死的。"

『九一八』致弟弟书

——萧 红

可弟：

小战士，你也做了战士了，这是我想不到的。

世事恍恍惚惚地就过了；记得这十年中只有那么一个短促的时间是与你相处的，那时间短到如何程度，现在想起就像连你的面孔还没有来得及记住，而你就去了。

记得当我们都是小孩子的时候，当我离开家的时候，那一天的早晨你还在大门外和一群孩子玩着，那时你才是十三四岁的孩子，你什么也不懂，你看着我离开家向南大道上奔去，向着那白银似的满铺着雪的无边的大地奔去。你连招呼都不招呼，你恋着玩，对于我的出走，你连看我也不看。

而事隔六七年，你也就长大了，有时写信给我，因为我的漂泊不定，信有时收到，有时收不到。但在收到信中我读了之后，竟看不见你，不是因为那信不是你写的，而是在那信里边你所说的话，都不像是你说的。这个不怪你，都只怪我的记忆力顽强，我就总记着，那顽皮的孩子是你，会写了这样的信的，会说了这样的话的，哪能够是你。比方说生活在这边，前途是没有希望，等等。

这是什么人给我的信，我看了非常的生疏，又非常的新鲜，但心里边都不表示什么同情，因为我总有一个印象，你晓得什么，你个小孩子，所以我回你的信的时候，总是愿意说一些空话，问一问家里的樱桃树这几年结樱桃多少？红玫瑰依旧开花否？或者是看门的大白狗怎样了？关于你的回信，说祖父的坟头上长了一棵小树。在这样的话里，我才体味到这信是弟弟写给我的。

但是没有读过你的几封这样的信，我又走了。越走越离得你远了，从前是离着你千百里远，那以后就是几千里了。

而后你追到我最先住的那地方，去找我，看门的人说，我已不在了。

而后婉转的你又来了信，说为着我在那地方，才转学也到那地方来念书。可是你扑空了。我已经从海上走了。

可弟，我们都是自幼没有见过海的孩子，可是要沿着海往南下去了，海是生疏的，我们怕，但是也就上了海船，飘飘荡荡的，前边没有什么一定的目的，也就往前走了。

那时到海上来的，还没有你们，而我是最初的。我想起来一个笑话，我们小的时候，祖父常讲给我们听，我们本是山东人，我们的曾祖，担着担子逃荒到关东的。而我们又将是那个未来的曾祖了，我们的后代也许会在那里说着，从前他们也有一个曾祖，坐着渔船，逃到南方的。

我来到南方，你就不再有信来。一年多又不知道你那方面的情形了。

不知多久，忽然又有信来，是来自东京的，说你是在那边念书了。恰巧那年我也要到东京去看看。立刻我写了一封信给你，你说暑假要回家的，我写信问你，是不是想看看我，我大概七月下旬可到。

我想这一次可以看到你了。这是多么出奇的一个奇遇。因为想也想不到，会在这样一个地方相遇的。

我一到东京就写信给你，你住的是神田町，多少多少番。本来你那地方是很近的，我可以请朋友带了我去找你。但是因为我们已经不是一个国度的人了，姐姐是另一国的人，弟弟又是另一国的人。直接地找你，怕与你有什么不便。信写去了，约的是第三天的下午六点在某某饭馆等我。

那天，我特别穿了一件红衣裳，使你很容易地可以看见我。我五点钟就等在那里，因为我在猜想，你如果来，你一定要早来的。我想你看到了我，你多少喜欢。而我也想到了，假如到了六点钟不来，那大概就是已经不在了。

一直到了六点钟，没有人来，我又多等了一刻钟，我又多等了半点钟，我想或者你有事情会来晚了的。到最后的几分钟，竟想到，大概你来过了，或者已经不认识我，因为始终看不见你，第二天，我想还是到你住的地方看一趟，你那小房是很小的。有一个老婆婆，穿着灰色大袖子衣裳，她说你已经在月初走了，离开东京了，但你那房子里还下着竹帘子呢。帘子里头静悄悄

的，好像你在里边睡午觉的。

半年之后，我还没有回上海，不知怎么的，你又来了信，这信是来自上海的，说你已经到了上海，是到上海找我的。

我想这可糟了，又来了一个小吉卜西。

这流浪的生活，怕你过不惯，也怕你受不住。

但你说："你可以过得惯，为什么我过不惯。"

于是你就在上海住下了。

等我一回到上海，你每天到我的住处来，有时我不在家，你就在楼廊等着，你就睡在楼廊的椅子上，我看见了你的黑黑的人影，我的心里充满了慌乱。我想这些流浪的年轻人，都将流浪到哪里去，常常在街上碰到你们的一伙，你们都是年轻的，都是北方的粗直的青年，内心充满了力量。你们是被逼着来到这人地生疏的地方，你们都怀着万分的勇敢，只有向前，没有回头。但是你们都充满了饥饿，所以每天到处找工作。你们是可怕的一群，在街上落叶似的被秋风卷着，寒冷来的时候，只有弯着腰，抱着膀，打着寒战。肚里饿着的时候，我猜得到，你们彼此的乱跑，到处看看，谁有可吃的东西。

在这种情形之下，从家跑来的人，还是一天一天地增加，这自然都说是以往，而并非现在。现在我们已经抗战四年了，在世界上还有谁不知我们中国的英勇，自然而今你们都是战士了。

不过在那时候，因此我就有许多不安。我想将来你到什么地方去，并且做什么?

那时你不知我心里的忧郁，你总是早上来笑着，晚上来笑着。似乎不知道为什么你已经得到了无限的安慰了。似乎是你所存在的地方，已经绝对地安然了，进到我屋子来，看到可吃的就吃，看到书就翻，累了，躺在床上就休息。

你那种傻里傻气的样子，我看了，有的时候觉得讨厌，有的时候也觉得喜欢。虽是欢喜了，但还是心口不一地说：

“快起来吧，看这么懒。”

不多时就七七事变，很快你就决定了，到西北去，做抗日军去。

你走的那天晚上，满天都是星，就像幼年我们在黄瓜架下捉着虫子的那样的夜，那样黑黑的夜，那样飞着萤虫的夜。

你走了，你的眼睛不大看我，我也没有同你讲什么话。我送你到了台阶上，到了院里，你就走了。那时我心里不知道想什么，不知道愿意让你走，还是不愿意。只觉得恍恍惚惚的，把过去的许多年的生活都翻了一个新，事事都显得特别真切，又都显得特别的模糊，真所谓有如梦寐了。

可弟，你从小就苍白，不健康，而今虽然长得很高了，仍旧是苍白不健康。看你的读书、行路，一切都是勉强支持。精神是好的，体力是坏的，我很怕你走到别的地方去，支持不住。可是我又不能劝你回家，因为你的心里充满了诱惑，你的眼里充满了禁果。

恰巧在抗战不久，我也到山西去，有人告诉我你在洪洞的前线，离着我很近。我转给你一封信，我想没有两天就可看到你了。那时我心里可开心极了，因为我看到不少和你那样年轻的孩子，他们快乐而活泼，他们跑着跑着，当工作的时候嘴里唱着歌。这一群快乐的小战士，胜利一定属于你们的，你们也拿枪，你们也担水，中国有你们，中国是不会亡的。因为我的心里充满了微笑。虽然我给你的信，你没有收到，我也没能看见你，但我不知为什么竟很放心，就像见到了你的一样。因为你也是他们之中的一个，于是我就把你忘了。

但是从那以后，你的音信一点儿也没有了。而至今已经四年了，你到底没有信来。我本来不常想你，不过现在想起你来了，你为什么不来信。于是我想，这都是我的不好，我在前边引诱了你。

今天又快到“九一八”了，写了以上这些，以遣胸中的忧闷。

愿你在远方快乐和健康。

兄弟

——缪崇群

从沙滩散步归来，天已经朦胧得快要黑了。弯着腰走上石坡时，迎面遇见一个八九岁大的孩子，怀里抱着一个婴儿，正在向下走，好像要去江边找谁有什么事。

他的身子本来不高，那个细长的被包裹着的婴儿，差不多已经拖过了他的小腿，将近拖到地面，使他走起路来很不方便。

他们头并齐着，两张小脸紧偎着，小嘴对小嘴。这无限的无名的亲爱的情态，突然感动了我，使我停了脚步回转头来望着他：想用我微湿的眼光去护送他，用我微弱的心灵去拥抱他，连他怀里所拥抱着的那个婴儿。这幼小者的影子，似乎没有移动多久，怅望了江边一刻，又转身回来了。

（我正希望他们回来呢，我在等候着他们。）

“他是你的小弟弟？”当我和他并肩走着的时候，

我问了。

“是的”。

“他还吃奶么？”

“……”他不懂我的话，不能回答。

“他还吃‘蜜蜜’不？”改说四川方言之后，他明白了，连忙接下去：

“吃的。没有‘蜜蜜’吃，只能喂他米羹羹。”

我们对话的时候，那个婴儿的一双大眼睛也圆睁睁地在注视着我，好像他已经解事了，但他却没有声气可以说出他的苦处和不幸来。

这短短的问答，立刻使我懊悔它是多余的。看着他们这样瘦小，这样微弱，难道我还不认识他们定然是一个贫困人家的孩子吗！贫困使他们微弱，使他们瘦小，使他们轻若飞蓬，贱如泥淖；使他们生存在世界上，也如同一些幽灵的影子，是仅仅摇晃着移离着的影子……

然而，这没有饱饭吃的小的孩子和这个甚至于也没

有米汤可以代乳喂的更小的生命，他们却有着力量紧紧抱在一起，小小的脸嘴亲亲偎在一起，他们的灵魂并不欠缺什么东西，甚至于比我们大人先生流露着更多的，更纯真的爱。

我想把他俩都抱在我自己的怀里，又举起了他们；我愿意做贫困的人们的兄弟。

记忆

——杨牧

你的信使我喜悦，初读是一种纯粹的喜悦，通过思索和感官，然后因为我忙于一件校勘工作的收束，不得不把它放在一边，又埋首于故纸堆里，遂暂忘了它——虽说是忘了，却持续地于严肃的工作和疲乏里，感觉那纯粹的喜悦飘摇不去，萦绕来回如雪莱（Percy Bysshe Shelley）的音乐：

音乐，当柔和的声籁消灭，
在记忆中飘摇颤动着；
花香，当美丽的紫罗兰凋萎，
活在她们拨活了的感官里。
Music, when soft voices die,
Vibrates in the memory;
Odours, when sweet violets sicken,
Live within the sense they quicken.

等到我重拾你的信再从头看起，不禁为你在这个时候就能有如此庞大的诗之认同，为你清洁朗畅的文字，感到坚强——是的，是精神和情绪坚强，对文学、艺术，对大自然，对记忆的力量充满了信心。

“我现在二十一岁，念哲学系，可是念得很糟糕。”你说，“家住在草屯镇附近的一个美丽的河谷上，河谷上的稻田刚插秧，甘蔗正要收成。”我注意到你的信原来是八月间写的。你又说：“小时候我们常带着削铅笔的小刀，到泉水旁边割回大束的野姜花。”那时，当你的信写到这里的时候，或许你正听到火车汽笛在呼唤，提醒你家在草屯附近一个美丽的河谷上，你匆匆把信结束了，但却又在大信封里塞进一束新诗。

记忆是充满力量的，充满了使诗发生、形成、扩大、感动，并且变成普遍甚至永久的力量。

希腊神话里有一个记忆的女神 Mnemosyne，中文发音应该是谟涅摩叙涅。她是盖亚（大地）和乌拉诺斯（星空）的女儿，而且她也就是缪斯的母亲。你一定知道缪斯正是诗歌和遣怀忘忧之神。希腊人相信记忆是诗的母亲。记忆的女神谟涅摩叙涅和宙斯恋爱时，九日九夜缠绵于床榻之上，一年后她生下九个女儿，性格完全相同，以诗歌为唯一的兴趣，永远不懈地在海里肯水源附近舞蹈歌唱。据古希腊诗人赫西俄德（Hesiod）说，有一天他在那水源附近放牧，九缪斯对他说话，告诉他如何以诗的语言宣扬真理，并且教他如何用诗去骗人。诗人得到她们相贻的一枝橄榄叶，遂决心细述神祇的传说。希腊人相信诗可以用来阐说真理，也可以欺骗天下于无形。

我们这里暂时不讨论诗的功用，因为从前谈过而且以后一定还有机会再说。我想和你一起看看记忆谟涅摩叙涅的力量，在诗的发生成长里扮演了多么重要的角色。所谓记忆，是我们对往事的回想、把握和诠释，这是谟涅摩叙涅的第一层意义。在希腊神话的一个旁支里，根据赫西俄德的解说，缪斯不是九个，却只有三个，一叫墨勒忒（练习），一叫阿俄伊德（歌唱），一叫谟涅墨（记忆）；这意思显然是说，诗的出现有待我们勤奋地锻炼琢磨，不断地创造歌唱，而且更以机智和记诵的能力为基础。所谓记忆，遂有了这第二层意义，特指一个诗人心血集中地观察外界，学习并且牢记一切过眼的事物，使它不至于消逝瓦解，能为他精确地驭用，反复练习，以达到创作咏诵的目的。这第二层意义在诗歌口语创作的时代，也就是吟游诗人的时代，当然很重要；但我们今天创作的方式变了，依靠强记背诵的情形早已减少到最低程度。我们对这神话故事中所谓记忆的理解，仍然专指我们对往事的回想、把握和诠释——诗的动力之一存在于其中。

你和我认识的一些比较年轻的诗人一样，少年时代生长乡野，却在最能思维感慨的年纪进入都市，唯一的理由总说是求学，又好像于知与不知之间是为了体认那经验，好像为培养文学的感情，并于寂寞里，探索自己的生命力。我不能说不了解这其中的喜悦和浅愁，并且我承认那喜悦和浅愁都是真的，至少当你现在有它的时候，那些确实是真的。无穷难以宣说的喜悦因为单独的体验而贴近你的灵魂，而你正在发现，在解析，在设法去道出。还有那漫漫无所不在的浅愁，不管你坐下读书，或默默对着一支笔沉思，或者站起来走出门外，穿梭于灯光和车马声中，它也是冲淡地、有力地牵着你，甚至不需要等到孤独的时刻，甚至在人群当中，你会感受到它。这些，据说是因为你想太多——和我一样，在那种日子里，奋勇地想着、摸索着，希望能把握到一点什么。也许有一天，当岁月逐渐使你离开现在这个年轻的世界，你会和所有敏感有心的人一样，笑谈昔日不甚认识的愁，或者欲说还休：“天凉好个秋”。但这也没有妨碍，那未来的新发现并不能否定你的眼前，而这一切

必然也都是真的，正如你现在所能把握到的记忆，那些过去了的声色，必然都是真的：

> 小时候我们常带着削铅笔的小刀
> 到泉水旁边割回大束的野姜花

请允许我将你的一句话这样重新排列，组成两行充满 nostalagia（怀旧）的诗句，很清洁、很明朗的叙说，简单的意象，实在的情节，不带任何渲染，却有诗存在于其中。那是记忆的动力，当它准确地发生的时候，从容不迫，仿佛不需任何雕凿，诗就来了。

我很怜悯那些没有童年记忆的人——也许他们并不是没有童年，当然不可能没有，只是他们竟忍心让那些记忆溜失，消逝在岁月的背后，毫不珍惜。我自己是不会轻易淡忘过去的日子的，尤其是那些穿越旷野和逡巡山林中的、徜徉阡陌间的、匍匐涧水上的，或是怯怯行过黑暗的巷弄和冰凉围墙下的那些日子。时常当我单独的时候，即使到现在这样的年纪，我会将眼睛视线前的现实勾销，推到注意力的另外一边，瞪着架子上的书或窗外毵毵的枯树枝。在这冬天的午后，主动让过去的风景和感觉一幕一幕涌现，具体庞然的形象进入我的关怀，听凭我来摆布：我可以要它快速通过，也可以要它停止，让我来主动扩充渲染，并且捕捉其中透露的感情意识，遂加以咀嚼反刍，体验一份近乎梦幻，甜的又似乎带着酸与苦的味道。而且，不知道你有没有发现到，一切特定的形象都可以频频出现，但每次一个形象出现的时候，它所揭发的并不完全和上一次相同，甚至可以是极端不同的。那些是我的记忆，记忆的启示操之在我。

你应当能够与我分享这种操纵记忆的苦乐。在你附寄来的一束诗里，我发现你曾经这样为“生存”下定义：

当我思索何种姿势最适生存
一只白鸟
一只白鸟来自遥远的青天而停落我掌中
以阳光之翅展示
美丽

白鸟是一种象征——这倒不完全因为敻虹（敻虹：本名胡梅子，台东人）的诗宣示过“白鸟是初”，也不必因为希腊神话里的缪斯时常以鸣禽的形状出现。我读你的诗，能够想象，并且愿意诠释地说：“何种姿势最适生存”乃是我们在成长过程里不免遭遇的困惑，时

常必须采取的抉择。在这一刹那之间，我们可能摇摆犹豫，无所适从。相信宗教的人可以到神的恩典和慈光中寻求指点；相信政治理念和权力结构的人可以在他们积极的参与里获取信心；相信财富万能的人可以在那追逐中得到精神和物质的满足；相信学术权威的人可以将心志投入，并借那奉献之笃定发现承先启后的恒毅具有淡泊的快乐；相信弃世辟谷以学仙的人，可以饮酒千杯“皮骨如金石”，或索性沉溺于浑噩之中，飘逸出尘网之外，则他们都可以找到最适于生存的姿势。

在这困顿思索的时刻，你说是一只白鸟，是一只“来自遥远的青天”的白鸟为你解开了生存之谜，启迪了一条道路，以阳光之翅展示美丽。所以我相信白鸟是一种象征，即使它不一定是“初”，却是一种长远存在于你的精神和感情中最有力的象征，招之即来，来则为你展示美丽的灵视奇迹。你的精神和感情世界何尝不就是你所有记忆巍巍建立起来的世界？那世界附会着眼前的慷慨和未来的理想：那里有一只白鸟永远存在，翱翔于记忆遥远的青天。平时它并不造访你，更不干扰你，唯有在你为生存的姿势思索困惑的时候，它向你飞来，并停落在你最能把握的手掌中心。耀眼的光彩、辉煌的颜色，以它特定的象征对你展示生存之所以美丽。那象征，不瞒你说，还是我完全理解的，因为我理解叶慈（W. B. Yeats）“拜占庭”（Byzantium）诗里那黄金打造的神禽，是如此出奇地停伫在星光照耀的金枝上，有它啼唱的本能，在月色里呼唤艺术雕琢镂切之工，另外一种不朽的美丽。

因为我理解叶慈那金枝上的神禽，我就可以和你一样掌握那来自遥远青天的白鸟，理解它阳光之翅的美丽。而我也希望你会觉得因为你充满启迪的白鸟，那来自童年记忆的信仰，是如此真实有力，使你也能懂得叶慈在完全老去的岁月里所膜拜的神禽，那是鬼斧神工千锤百炼的技巧之升华。如果你今天不能欣赏那老诗人晚年臻及的 craftsmanship（工艺、技巧），有一天你终于也是会的。我读你五行短诗，深信那白鸟是少年记忆之最初，是童年谲华富丽的幻觉，是你的憧憬和仰望，是理想。一种灿烂生动的美，通过记忆的赐予，不断回归到你的掌心，提示你生存的姿势和目标。你必须珍惜它，不要让它逝去，直到耄耋的岁月都认识它，召唤着叫它前来就你，来就你开放明朗的诗心。

这正是说，记忆是如此有力，那童年的惊奇和少年的编织，因为免于世俗浑浊的污染，当它不断向我们涌现拍打的时候，即使我们已经多少因为遭受过人世间

爱恨的拥挤而变形，它又像洗涤的泉水，使我们纯洁、坚实、喜悦、刚强——像诗人那样纯洁、坚实、喜悦而刚强。

现在不仅我了，我相信你也同意，我们必须为那些不懂珍惜童年记忆的人惋叹。天真是那无所不能的造物之赏赐，只有在混沌似开未开的时候才有，那是和宙斯一样无比强壮无比浪漫的光彩，或者就和宙斯的雷霆一样，如此肯定地闪过我们有限的原始生命，赋予我们倾听、观察、尝试、触摸、感受，甚至不自量力地想要创造的野心，而那创造的野心又仿佛是没有目的的，只为一善良的信仰，只为了美的追求，只为证明真实的表达才能肯定生命的尊严——只为了这些不是目的的目的，因为当天真丧失的时候，这些再也不是人们栖遑钻营的目的了！可是我们焉能不害怕，是的，焉能不害怕天真终将有丧失的一日？天真是绝无例外地，必须从人的生命里告退的，在时间的压迫下，告退并且逝去，消灭。是的，是告退逝去并且消灭，除非你能主动积极地以记忆的网去接它，保存在大地和星空之间，并且让它秉其宙斯的爱与力和记忆谟涅摩叙涅女神狂恋交配，生殖九胎的缪斯，促成诗的发生、形成、扩大、感动，并且变成普遍永久的力量。

一首短短五行的小诗教我看到宙斯和谟涅摩叙涅的结合，伟大超越的天神和记忆因爱的鼓荡，交缠在彼此的巨灵和肉身里，产生了诗的动力。当缪斯歌唱的时候，天地万物伫立倾听，星星不敢眨眼，大海停止喧哗，河流静止；甚至连她们生息遨游于下的海里肯山都受感动，不自禁就膨胀起来了，并且快速地升高，峰头接近了天庭，直到海神警觉地驱遣那插翼的天马如闪电奔去，以有力的四蹄将它踏平，恢复原来的形状，却在山麓下踏出一切诗歌的源头 hippou krene，那神秘的天马之泉。

记忆里就这样充满了洁净潺潺的水泉，那是诗的开端，诗的沁凉，诗的透明淋漓，点滴汇为长流巨川。“小时候我们常带着削铅笔的小刀，到泉水旁边割回大束的野姜花”，你的信里这样说，单纯美丽而悠远。

你一封信和一束新诗使我想起这么多，看来我虽然不能和你一样好奇敏锐，至少和你一样执着。什么力量可以使我们穿过时间的风雨，人间的嗤笑和横逆，穿过命运摆出来的阴暗和未知，尚且如此执着，始终珍惜着我们获取的这一切？我们单纯、美丽而悠远的记忆在四方涌动，如人情静好，在不自觉的时刻里像钟鼓一样齐鸣，包围着我们，像田里的稻穗、土里的矿苗、阴阳炉中的炭火、水中之鱼、空中之鸟。当有人依恃宗教、政治、财富、学术、仙乡为目标，在骋骛追求他们的大喜至乐时，当有人甚至选择停止于浑噩沉醉之中，我们认识纯粹的记忆是随时提示着诗，因为它来自完美的过去，遂坚决地为现在撑起一把希望的巨伞，挡开一些风雨、嗤笑、横逆，让我们贯通未知的命运以展望未来。

你的信就这样使我感到喜悦，坚强。

友情

——林海音

似乎只有春夏两季的岛上生涯过得真快，一转眼间就是三年了。今天，白天听着巷子里叫卖椪柑的声音，晚上按摩的盲者又拖着木屐，吹着笛子从窗前经过，和三年前自基隆舍舟登岸后，借住在东门二妹家的情景一模一样。

邻居的一品红开得正盛，陪伴着高大的橡皮树，在墙头迎风招展。在北平，这是珍贵的“盆景”，此刻正陈列在生了洋炉子的客厅里，和冷艳的蜡梅并列。

想到了北平，便不能忘怀扔在那里的一大片，家搬到那里二十多年了，可留恋的东西实在很多，衣服器物，只要有钱原可以再购置，但是书籍，尤其照片，如果丢了就没有法子补偿。更可怀念是那一帮朋友——那一帮撇着十足京腔的朋友，他们差不多都没舍得离开那住进去就不想走的古城，现在不但书信不通，简直等于消息断绝。

这些朋友，有的是同事，有的是同学，有的是同乡，有的兼有以上两种或三种的资格。我们从梳着两条小辫儿一同上学到共同做事养家，又到共同研究哺育子女的方法，几十年都没有离开这城圈儿，现在却分居在两个世界里，不知何日重见。和这些朋友彼此互悉家世，了解性格，而且志趣相投，似乎永远没有断交的可能。

我刚回到台湾时，幸运的是家人大部分团聚，甚至还多了许多亲戚长辈。不过寂寞的是友谊突然减少，偶然有剩余的时间，觉得无所寄托，认识的人虽多，可以走动的朋友却极少，值得饮“千杯酒”的知己更少。所以我那时常对人说：回到台湾，理论上是还乡了，实际上却等于出了远门儿，因为只有到一个新地方才感觉到没有朋友的寂寞，“出门靠朋友”，没有朋友便有流亡身世，无所依靠之感。

幸亏第一个来填补这个“感情的真空”的是乡情。我所能感觉到的乡情有两种，一种是台湾的，许多亲友听说我“少小离家老大回”，都来接风叙旧，对于我的“乡音未改”，尤其感到愉快。

另一种是大陆的，例如山东朋友明明听到我是“京

油子”，却坚持要称我是“老乡”，广义地说，都是从大陆上来的；再狭义一点儿，好像我们都有资格参加华北运动会，他却不晓得我是回了“本乡本土”的呢！反而是到了台湾人的面担子上，老板娘却坚持说我连“半山”都不像。

第二个是友情之门忽然开放，许多“不速之客”闯了进来，这完全是因为偶然在报章杂志写写稿子的缘故，日子一多，纸上也熟悉了。以文会友，一封表示“久仰”的信便可以建立了友情。这许多新朋友是分住在各地的，有的在热闹的城市，有的在安静的小城镇，有的在风景区。台湾的交通便利，旅行成了极平常的事，再远的地方也不过朝发夕至。无论新朋友老朋友，都是到一处，搅一处，一地有一地的情味，一处有一处的风光，虽然台湾的恶酒不足以论文，甚至会吓跑了文思，但是作客异地，秋窗夜话，已经够得上是件乐事了。我常常感觉到，即使从小看大，乃至天天见面的老朋友，有些共同生活反而不容易产生，例如昔人说“联床夜话”，想一想，越是亲近如邻居，反而不会有这样乐趣的。

木屋生活是有趣的，榻榻米上可以许多人拥被围坐，中间放一只矮脚桌，烟茶果点，有备无患。如逢冬夜，加上火盆一只，烧着熊熊的相思炭，上面烧水、烤薯、煮咖啡，无往而不利。战火余生，得到这样自由自在的生活，真该谢天谢地了。

两年来，在台湾交的新朋友，寄来的信已经塞得满满一抽屉。台北的电话太少，本市的朋友也要靠绿衣人联络，所以写信也成了伏案生活的一部分。写信有好处，“物证”在手，闲时可供消遣，必要时也可资复按，比起话说过了不存形迹，另是一番趣味。将来我“王师北定”之后，把这些信整理发表的话，也称得起是“避秦书简”呢。

信笔至此，风正吹着门窗咯咯作响，雨打椰树发出沙沙的声音来。若有足音到窗前而止，敲着玻璃问道：“海音在家吗？”我必掷笔而起，欣然应道：“在家在家，快请进来坐，乌龙茶是刚沏好的啊！”

如何写出鲜活的人物？

优秀的人物塑造分为3步：首先，**明确人物的特征**；其次，**选用典型事件**，以突出人物特征；最后，在典型事件中**对人物进行描摹刻画**。在我的写作课上，为了便于学生理解，我喜欢借化书法“神、骨、肉”的评论体系，将人物特征比作人物塑造的“神”，典型事件比作人物塑造的“骨”，**而对人物进行描摹刻画无疑就是填充血肉的部分了。**

要想写出鲜活的人物，在神韵卓然、骨架匀称的基础上，少不了丰盈的血肉。我们在前面已经分头论述了塑造人物应该如何突出人物特征，如何选取典型事件，这一讲我们以梁实秋先生的《我的一位国文老师》为范本，来学习如何对人物进行描摹刻画。梁实秋先生被世人尊为散文大家，在这篇文章中，他以风趣幽默而又饱含深情的笔调刻画了一位相貌古怪、性格暴躁却敬业爱生的老师，形象独特，灵动鲜活，是非常优秀的人物塑造的学习典范。

描摹人物，需从5个方面着笔：**外貌、神态、言语、行动、心理活动**。在《我的一位国文老师》的开篇，作者就洋洋洒洒、恣意酣畅地对这位老师进行了外貌和神态的大段描写，古怪的样貌、狰狞的神态、不良的习惯，实在是令人不喜。

接下来是醉酒痛骂的典型事件，作者做了大量细致生动的行动和言语描写：“摇摇摆摆地进了课堂”“冷笑两声，勃然大怒”“滔滔不绝地吼叫起来”“他在讲台上来回地踱着，吸溜一下鼻涕，骂我一句”……当然还少不了那句广为传诵的警句——“你是什么东西，我一眼把你望到底！”

梁实秋先生的笔触细腻传神，谐趣迭出。需要说明的是，这些看似贬损的描写其实并无恶意，作者是在采用**欲扬先抑、似贬实褒**的写法，通过这些鲜明个性来突显老师别具一格的有趣和可爱，同时也为下文写老师的敬业、爱生进行反衬和对比。

在下文选辑教材、朗诵文章、批改作文的典型事件中，作者更是倾注笔墨，进行了大量的神态、言语和行动描写，他写老师“眉飞色舞”地讲课，“咬牙切齿地大声读”，批改作文时“用大墨杠子大勾大抹，一行一行地抹，整页整页地勾”……关于老师那段“郑重解释”的言语描写最是精彩，“你拿了去细细地体味，你的原文是软趴趴的，冗长，懈啦光唧的，我给你勾掉了一大半，你再读读看，原来的意思并没有失，但是笔笔都立起来了，虎虎有生气了”。这是何其诚恳、何其爱之殷切的一席话啊，我们不妨和上文中“你是什么东西，我一眼把你望到底！”的醉骂进行对比，顿觉妙趣横生。

要想让你笔下的人物有血有肉、鲜活可感，你就要向大师学习，**从外貌、神态、言语、行动、心理活动等多方面去刻画人物**。

——密斯於

我的一位国文老师

——梁实秋

我在十八九岁的时候，遇见一位国文先生，他给我的印象最深，使我受益也最多，我至今不能忘记他。

先生姓徐，名锦澄，我们给他上的绰号是“徐老虎”，因为他凶。他的相貌很古怪，他的脑袋的轮廓是有棱有角的，很容易成为漫画的对象。头很尖，秃秃的，亮亮的，脸形却是方方的，扁扁的，有些像《聊斋志异》绘图中的夜叉的模样。他的鼻子、眼睛、嘴好像是过分地集中在脸上很小的一块区域里。他戴一副墨晶眼镜，银丝小镜框，这两块黑色便成了他脸上最显著的特征。我常给他画漫画，勾一个轮廓，中间点上两块椭圆形的黑块，便惟妙惟肖。他的身材高大，但是两肩总是耸得高高的，鼻尖有一些红，像酒糟的，鼻孔里常常藏着两桶清水鼻涕，不时地吸溜着，说一两句话就要用力地吸溜一声，有板有眼有节奏，也有时忘了吸溜，走了板眼，上唇上便亮晶晶地吊出两根玉箸，他用手背一抹。他常穿的是一件灰布长袍，好像是在给谁穿孝，袍子在整洁的阶段时我没有赶得上看见，余生也晚，我看见那袍子的时候即已油渍斑斑。他经常是仰着头，迈着八字步，两眼望青天，嘴撇得瓢儿似的。我很难得看见他笑，如果笑起来，是狞笑，样子更凶。

我的学校是很特殊的。上午的课全是用英语讲授，下午的课全是国语讲授。上午的课很严，三日一问，五日一考，不用功便被淘汰，下午的课稀松，成绩与毕业无关。所以每到下午上国文之类的课程，学生们便不踊跃，课堂上常是稀稀拉拉的不大上座，但教员用拿毛笔的姿势举着铅笔点名的时候，学生却个个都到了，因为一个学生不只答一声"到"。真到了的学生，一部分是从事午睡，微发鼾声，一部分看小说如《官场现形记》《玉梨魂》之类，一部分写"父母亲大人膝下"式的家书，一部分干脆瞪着大眼发呆，神游八表。有时候逗先生开玩笑。国文先生呢，大部分都是年高有德的，不是榜眼就是探花，再不就是举人。他们授课不过是奉行故事，乐得敷敷衍衍。在这种糟糕的情形之下，徐老先生之所以凶，老是绷着脸，老是开口就骂人，我想大概是由于正当防卫吧。

有一天，先生大概是多喝了两盅，摇摇摆摆地进了课堂。这一堂是作文，他老先生拿起粉笔在黑板上写了

两个字，题目尚未写完，当然照例要吸溜一下鼻涕，就在这吸溜之际，一位性急的同学发问了：“这题目怎样讲呀？”老先生转过身来，冷笑两声，勃然大怒：“题目还没有写完，写完了当然还要讲，没写完你为什么就要问？……”滔滔不绝地吼叫起来，大家都为之愕然。这时候我可按捺不住了。我一向是个上午捣乱下午安分的学生，我觉得现在受了无理的侮辱，便挺身分辩了几句。这一下我可惹了祸，老先生把他的怒火都泼在我的头上了。他在讲台上来回地踱着，吸溜一下鼻涕，骂我一句，足足骂了我一个钟头，其中警句甚多，我至今还记得这样的一句：“某某某！你是什么东西？我一眼把你望到底！”

这一句颇为同学们所传诵。谁和我有点争论遇到纠缠不清的时候，都会引用这一句“你是什么东西？我把你一眼望到底”！当时我看形势不妙，也就没有再多说，让下课铃结束了先生的怒骂。

但是从这一次起，徐先生算是认识我了。酒醒之后，他给我批改作文特别详尽。批改之不足，还特别地当面加以解释，我这一个“一眼望到底”的学生，居然成为一个受益最多的学生了。

徐先生自己选辑教材，有古文，有白话，油印分发给大家。《林琴南致蔡孑民书》是他讲得最为眉飞色舞的一篇。此外如吴敬恒的《上下古今谈》，梁启超的《欧游心影录》，以及张东荪的《时事新报》社论，他也选了不少。这样新旧兼收的教材，在当时还是很难得的开通的榜样。我对于国文的兴趣因此而提高了不少。徐先生讲国文之前，先要介绍作者，而且介绍得很亲切，例如他讲张东荪的文字时，便说："张东荪这个人，我倒和他一桌上吃过饭……"这样的话是相当地可以使学生们吃惊的，吃惊的是，我们的国文先生也许不是一个平凡的人吧，否则怎样会能够和张东荪一桌上吃过饭！

徐先生于介绍作者之后，朗诵全文一遍。这一遍朗诵可很有意思。他打着江北的官腔，咬牙切齿地大声读一遍，不论是古文或白话，一字不苟地吟咏一番，好像是演员在背台词，他把文字里的蕴藏着的意义好像都给宣泄出来了。他念得有腔有调，有板有眼，有情感，有气势，有抑扬顿挫，我们听了之后，好像是已经理会到原文的意义的一半了。好文章掷地作金石声，那也许是过分夸张，但必须可以朗朗上口，那却是真的。

徐先生之最独到的地方是改作文。普通的批语"清通""尚可""气盛言宜"，他是不用的。他最擅长的是

用大墨杠子大勾大抹，一行一行地抹，整页整页地勾；洋洋千余言的文章，经他勾抹之后，所余无几了。我初次经此打击，很灰心，很觉得气短，我掏心挖肝地好容易诌出来的句子，轻轻地被他几杠子就给抹了。但是他郑重地给我解释一会儿，他说："你拿了去细细地体味，你的原文是软趴趴的，冗长，懈啦光唧的，我给你勾掉了一大半，你再读读看，原来的意思并没有失，但是笔笔都立起来了，虎虎有生气了。"我仔细一揣摩，果然。他的大墨杠子打得是地方，把虚泡囊肿的地方全削去了，剩下的全是筋骨。在这删削之间见出他的功夫。如果我以后写文章还能不多说废话，还能有一点点硬朗挺拔之气，还知道一点"割爱"的道理，就不能不归功于我这位老师的教诲。

徐先生教我许多作文的技巧。他告诉我："作文忌用过多的虚字。"该转的地方，硬转；该接的地方，硬接。文章便显着朴拙而有力。他告诉我，文章的起笔最难，要突兀矫健，要开门见山，要一针见血，才能引人入胜，不必兜圈子，不必说套语。他又告诉我，说理说至难解难分处，来一个譬喻，则一切纠缠不清的论难都迎刃而解了，何等经济，何等手腕！诸如此类的心得，他传授我不少，我至今受用。

我离开先生已将近五十年了，未曾与先生一通音信，不知他云游何处，听说他已早归道山了。同学们偶尔还谈起“徐老虎”，我于回忆他的音容之余，不禁还怀着怅惘敬慕之意。

宗月大师

——老　舍

在我小的时候，我因家贫而身体很弱。我九岁才入学。因家贫体弱，母亲有时候想教我去上学，又怕我受人家的欺侮，更因交不上学费，所以一直到九岁我还不识一个字。说不定，我会一辈子也得不到读书的机会。因为母亲虽然知道读书的重要，可是每月间三四吊钱的学费，实在让她为难。母亲是最喜脸面的人。她迟疑不决，光阴又不等待着任何人，荒来荒去，我也许就长到十多岁了。一个十多岁的贫而不识字的孩子，很自然地去做个小买卖——弄个小筐，卖些花生、煮豌豆，或樱桃什么的。要不然就是去学徒。母亲很爱我，但是假若我能去做学徒，或提篮沿街卖樱桃而每天赚几百钱，她或者就不会坚决地反对。穷困比爱心更有力量。

有一天刘大叔偶然地来了。我说“偶然地”，因为他不常来看我们。他是个极富的人，尽管他心中并无贫富之别，可是他的财富使他终日不得闲，几乎没有工夫来看穷朋友。一进门，他看见了我。“孩子几岁了？上学没有？”他问我的母亲。他的声音是那么洪亮（在酒后，他常以学喊俞振庭的《金钱豹》自傲），他的衣服是那么华丽，他的眼是那么亮，他的脸和手是那么白嫩肥胖，使我感到我大概是犯了什么罪。我们的小屋、破桌凳、土炕，几乎禁不住他的声音的震动。等我母亲回答完，刘大叔马上决定：“明天早上我来，带他上学，学钱、书籍，大姐你都不必管！”我的心跳起多高，谁知道上学是怎么一回事呢！

第二天，我像一条不体面的小狗似的，随着这位阔人去入学。学校是一家改良私塾，在离我的家有半里多地的一座道士庙里。庙不甚大，而充满了各种气味：一进山门先有一股大烟味，紧跟着便是糖精味（有一家熬制糖球糖块的作坊），再往里，是厕所味，与别的臭味。学校是在大殿里。大殿两旁的小屋住着道士，和道士的家眷。大殿里很黑、很冷。神像都用黄布挡着，供桌上摆着孔圣人的牌位，学生都面朝西坐着，一共有三十来人。西墙上有一块黑板——这是“改良”私塾。老师姓李，一位极死板而极有爱心的中年人。刘大叔和李老师“嚷”了一顿，而后教我拜圣人及老师。老师给了我一本《地球韵言》和一本《三字经》。我于是，就

变成了学生。

自从做了学生以后，我时常地到刘大叔的家中去。他的宅子有两个大院子，院中几十间房屋都是出廊的。院后，还有一座相当大的花园。宅子的左右前后全是他的房屋，若是把那些房子齐齐地排起来，可以占半条大街。此外，他还有几处铺店。每逢我去，他必招呼我吃饭，或给我一些我没有看见过的点心。他绝不以我为一个苦孩子而冷淡我，他是阔大爷，但是他不以富傲人。

在我由私塾转入公立学校去的时候，刘大叔又来帮忙。这时候，他的财产已大半出了手。他是阔大爷，他只懂得花钱，而不知道计算。人们吃他，他甘心教他们吃；人们骗他，他付之一笑。他的财产有一部分是卖掉的，也有一部分是被人骗了去的。他不管，他的笑声照旧是洪亮的。

到我在中学毕业的时候，他已一贫如洗，什么财产也没有了，只剩了那个后花园。不过，在这个时候，假若他肯用用心思，去调整他的产业，他还能有办法教自己丰衣足食，因为他的好多财产是被人家骗了去的。可是，他不肯去请律师。贫与富在他心中是完全一样的。

假若在这时候，他要是不再随便花钱，他至少可以保住那座花园，和城外的地产。可是，他好善。尽管他自己的儿女受着饥寒，尽管他自己受尽折磨，他还是去办贫儿学校、粥厂等慈善事业。他忘了自己。就是在这个时候，我和他过往得最密。他办贫儿学校，我去做义务教师。他施舍粮米，我去帮忙调查及散放。在我的心里，我很明白：放粮放钱不过只是延长贫民的受苦难的日期，而不足以阻拦住死亡。但是，看刘大叔那么热心，那么真诚，我就顾不得和他辩论，而只好也出点力了。即使我和他辩论，我也不会得胜，人情是往往能战败理智的。

在我出国以前，刘大叔的儿子死了。而后，他的花园也出了手。他入庙为僧，夫人和小姐入庵为尼。由他的性格来说，他似乎势必走入避世学禅的一途。但是由他的生活习惯上来说，大家总以为他不过能念念经，布施布施僧道而已，而绝对不会受戒出家。他居然出了家。在以前，他吃的是山珍海味，穿的是绫罗绸缎。他也嫖也赌。现在，他每日一餐，入秋还穿着件夏布道袍。这样苦修，他的脸上还是红红的，笑声还是洪亮的。对佛学，他有多么深的认识，我不敢说。我却真知道他是个好和尚，他知道一点便去做一点，能做一点便

做一点。他的学问也许不高，但是他所知道的都能见诸实行。

出家以后，他不久就做了一座大寺的方丈。可是没有好久就被驱除出来。他是要做真和尚，所以他不惜变卖庙产去救济苦人。庙里不要这种方丈。一般地说，方丈的责任是要扩充庙产，而不是救苦救难的。离开大寺，他到一座没有任何产业的庙里做方丈。他自己既没有钱，他还须天天为僧众们找到斋吃。同时，他还举办粥厂等等慈善事业。他穷，他忙，他每日只进一顿简单的素餐，可是他的笑声还是那么洪亮。他的庙里不应佛事，赶到有人来请，他便领着僧众给人家去唪经，不要报酬。他整天不在庙里，但是他并没忘了修持；他持戒越来越严，对经义也深有所获。他白天在各处筹钱办事，晚间在小室里做工夫。谁见到这位破和尚也不曾想到他曾是个在金子里长起来的阔大爷。

去年，有一天他正给一位圆寂了的和尚念经，他忽然闭上了眼，就坐化了。火葬后，人们在他的身上发现许多舍利。

没有他，我也许一辈子也不会入学读书；没有他，我也许永远想不起帮助别人有什么乐趣与意义。他是不是真的成了佛？我不知道。但是，我的确相信他的居心与言行是与佛相近似的。我在精神上物质上都受过他的好处，现在我的确愿意他真的成了佛，并且盼望他以佛心引领我向善，正像在三十五年前，他拉着我去入私塾那样！

他是宗月大师。

最后一课

——郑振铎

口头上慷慨激昂的人，未见得便是杀身成仁的志士。无数的勇士，前仆后继地倒下去，默默无言。

好几个汉奸，都曾经做过抗日会的主席；首先变节的一个国文教师，却是好使酒骂座，惯出什么“富贵不能淫，威武不能屈”一类题目的东西；说是要在枪林弹雨里上课，绝对的“宁为玉碎，不为瓦全”的一个校长，却是第一个屈膝于敌伪的教育界之蟊贼。

然而默默无言的人们，却坚定地做着最后的打算，抛下了一切，千山万水地，千辛万苦地开始长征，绝不做什么为国家保存财产、文献一类的借口的话。

上海国军撤退后，头一批出来做汉奸的都是些无赖之徒，或愍不畏死的东西。其后，却有“我不入地狱谁入地狱”的维持地方的人物出来了。再其后，却有以“救民”为幌子，而喊着同文同种的合作者出来。到了珍珠港的袭击以后，自有一批最傻的傻子相信着日本政策的改变，在做着“东亚人的东亚”的白日梦，吃尽了“独苦”，反以为“同甘”，被人家拖着“共死”，却糊涂到要挣扎着“同生”。其实，这类的东西也不太多。自命为聪明的人物，是一贯地利用时机，做着升官发财的计划。其或早或迟的蜕变，乃是作恶的勇气够不够，或替自己打算得周到不周到的问题。

默默无言的坚定的人们，所想到的只是如何抗敌救国的问题，压根儿不曾梦想到“环境”的如何变更，或敌人对华政策的如何变动、改革。

所以他们也有一贯的计划，在最艰苦的情形之下奋斗着，绝对地不做“苟全”之梦；该牺牲的时机一到，便毫不踌躇地踏上应走的大道，义无反顾。

十二月八号是一块试金石。

这一天的清晨，天色还不曾大亮，我在睡梦里被电话的铃声惊醒。

“听到了炮声和机关枪声没有？”C在电话里说。

“没有听见。发生了什么事？”

“听说日本人占领租界，把英国兵缴了械，黄浦江上的一只英国炮舰被轰沉，一只美国炮舰投降了。”

接连地又来了几个电话，有的是报馆里的朋友打来的。事实渐渐地明白。

英国军舰被轰沉，官兵们凫水上岸，却遇到了岸上的机关枪的扫射，纷纷地死在水里。

日本兵依照着预定的计划，开始从虹口或郊外开进租界。

被认为孤岛的最后一块弹丸地，终于也沦陷于敌手。

我匆匆地跑到了康脑脱路的暨大。

校长和许多重要的负责者都已经到了。立刻举行了一次会议，简短而悲壮地，立刻议决了：“看到一个日本兵或一面日本旗经过校门时，立刻停课，将这大学关闭结束。”

太阳光很红亮地晒着，街上依然地熙来攘往，没有一点儿异样。

我们依旧地摇铃上课。

我授课的地方，在楼下临街的一个课室，站在讲台上可以望得见街。学生们不到的人很少。

“今天的事，”我说道，“你们都已经知道了吧？”学生们都点点头。“我们已经议决，一看到一个日本兵或一面日本旗经过校门，立刻便停课，并且立即地将学校关闭结束。”

学生们的脸上都显现着坚毅的神色，坐得挺直的，但没有一句话。

“但是我这一门功课还要照常地讲下去，一分一秒钟也不停顿，直到看见了一个日本兵或一面日本旗为止。”

我不荒废一秒钟的工夫，开始照常地讲下去。学生们照常地笔记着，默默无声的。

这一课似乎讲得格外地亲切，格外地清朗，语音里自己觉得有点儿异样；似带着坚毅的决心，最后的沉着；像殉难者最后的晚餐，像冲锋前的士兵们上了刺刀，“引满待发”。

然而镇定、安详、没有一丝的紧张的神色。该来的事变，一定会来的。一切都已准备好。

谁都明白这“最后一课”的意义。我愿意讲得越多越好，学生们愿意笔记记得越多越好。

讲下去，讲下去，讲下去。恨不得把所有的应该讲授的东西，统统在这一课里讲完了它，学生们也沙沙地不停地在抄记着。心无旁骛，笔不停挥。

别的十几个课室里也都是这样的情形。

对于要“辞别”的，要“离开”的东西，觉得格外的恋恋。黑板显得格外的光亮，粉笔是分外的白而柔软适用，小小的课桌，觉得十分的可爱；学生们靠在课椅的扶手上，抚摩着，也觉得十分的难分难舍。那晨夕与共的椅子，曾经在扶手上面用钢笔、铅笔或铅笔刀，有意识或无意识地涂写着、刻画着许多字或句的，如何舍得一旦离别了呢！

街上依然地平滑光鲜，小贩们不时地走过，太阳光很有精神地晒着。

我的表在衣袋里嘀嘀嗒嗒地走着，那声音仿佛听得见。

没有伤感，没有悲哀，只有坚定的决心，沉毅异常地在等待着，等待着最后一刻的到来。

远远地有沉重的车轮碾地的声音可听到。

几分钟后，有几辆满载着日本兵的军用车，经过校门口，由东向西，徐徐地走过，当头一面旭日旗，血红的一个圆圈，在迎风飘荡着。

时间是上午十时三十分。

我一眼看见了这些车子走过去，立刻挺直了身体，做着立正的姿势，沉静地合上了书本，以坚决的口气宣布道："现在下课！"

学生们一致地立了起来，默默地不说一句话，有几个女生似在低低地啜泣着。

没有一个学生有什么要问的，没有迟疑，没有踌躇，没有彷徨，没有顾虑。各个人都已决定了应该怎么办，应该向哪一个方面走去。

炽热的心，像钢铁铸成似的坚固，像走着鹅步的仪仗队似的一致。

从来没有那么无纷纭地一致地坚决过，从校长到工役。

这样的，光荣的国立暨南大学在上海暂时结束了她的生命。默默地在忙着迁校的工作。

那些喧哗的慷慨激昂的东西，却在忙碌地打算着怎样维持他们的学校，借口于学生们的学业、校产的保全与教职员们的生活问题。

藤野先生

——鲁迅

东京也无非是这样。上野的樱花烂漫的时节，望去确也像绯红的轻云，但花下也缺不了成群结队的“清国留学生”的速成班，头顶上盘着大辫子，顶得学生制帽的顶上高高耸起，形成一座富士山。也有解散辫子，盘得平的，除下帽来，油光可鉴，宛如小姑娘的发髻一般，还要将脖子扭几扭，实在标致极了。

中国留学生会馆的门房里有几本书买，有时还值得去一转；倘在上午，里面的几间洋房里倒也还可以坐坐的。但到傍晚，有一间的地板便常不免要咚咚咚地响得震天，兼以满房烟尘斗乱；问问精通时事的人，答道：“那是在学跳舞。”

到别的地方去看看，如何呢？

我就往仙台的医学专门学校去。从东京出发，不久便到一处驿站，写道：日暮里。不知怎的，我到现在还记得这名目。其次却只记得水户了，这是明的遗民朱舜水先生客死的地方。仙台是一个市镇，并不大；冬天冷得利害；还没有中国的学生。

大概是物以稀为贵罢。北京的白菜运往浙江，便用红头绳系住菜根，倒挂在水果店头，尊为“胶菜”；福建野生着的芦荟，一到北京就请进温室，且美其名曰“龙舌兰”。我到仙台也颇受了这样的优待，不但学校不收学费，几个职员还为我的食宿操心。我先是住在监狱旁边一个客店里的，初冬已经颇冷，蚊子却还多，后来用被盖了全身，用衣服包了头脸，只留两个鼻孔出气。在这呼吸不息的地方，蚊子竟无从插嘴，居然睡安稳了。饭食也不坏。但一位先生却以为这客店也包办囚人的饭食，我住在那里不相宜，几次三番，几次三番地说。我虽然觉得客店兼办囚人的饭食和我不相干，然而好意难却，也只得另寻相宜的住处了。于是搬到另一家，离监狱也很远，可惜每天总要喝难以下咽的芋梗汤。

从此就看见许多陌生的先生，听到许多新鲜的讲义。解剖学是两个教授分任的。最初是骨学。其时进来的是一个黑瘦的先生，八字须，戴着眼镜，夹着一叠大大小小的书。一将书放在讲台上，便用了缓慢而很有顿

挫的声调，向学生介绍自己道：

“我就是叫作藤野严九郎的……”

后面有几个人笑起来了。他接着便讲述解剖学在日本发达的历史，那些大大小小的书，便是从最初到现今关于这一门学问的著作。起初有几本是线装的，还有翻刻中国译本的，他们的翻译和研究新的医学，并不比中国早。

那坐在后面发笑的是上学年不及格的留级学生，在校已经一年，掌故颇为熟悉的了。他们便给新生讲演每个教授的历史。这藤野先生，据说是穿衣服太模糊了，有时竟会忘记戴领结；冬天是一件旧外套，寒颤颤的，有一回上火车去，致使管车的疑心他是扒手，叫车里的客人大家小心些。

他们的话大概是真的，我就亲见他有一次上讲堂没有戴领结。

过了一星期，大约是星期六，他使助手来叫我了。到得研究室，见他坐在人骨和许多单独的头骨中间——他其时正在研究着头骨，后来有一篇论文在本校的杂志上发表出来。

“我的讲义，你能抄下来么？”他问。

“可以抄一点。”

“拿来我看！”

我交出所抄的讲义去，他收下了，第二三天便还我，并且说，此后每一星期要送给他看一回。我拿下来打开看时，很吃了一惊，同时也感到一种不安和感激。原来我的讲义已经从头到末，都用红笔添改过了，不但增加了许多脱漏的地方，连文法的错误，也都一一订正。这样一直继续到教完了他所担任的功课：骨学、血管学、神经学。

可惜我那时太不用功，有时也很任性。还记得有一回藤野先生将我叫到他的研究室里去，翻出我那讲义上的一个图来，是下臂的血管，指着，向我和蔼地说道：

“你看，你将这条血管移了一点位置了。——自然，这样一移，的确比较的好看些，然而解剖图不是美术，实物是那么样的，我们没法改换它。现在我给你改好了，以后你要全照着黑板上那样的画。”

但是我还不服气，口头答应着，心里却想道：

“图还是我画的不错；至于实在的情形，我心里自然记得的。”

学年试验完毕之后，我便到东京玩了一夏天，秋初再回学校，成绩早已发表了，同学一百余人之中，我在中间，不过是没有落第。这回藤野先生所担任的功课，是解剖实习和局部解剖学。

解剖实习了大概一星期，他又叫我去了，很高兴地，仍用了极有抑扬的声调对我说道：“我因为听说中国人是很敬重鬼的，所以很担心，怕你不肯解剖尸体。现在总算放心了，没有这回事。”

但他也偶有使我很为难的时候。他听说中国的女人是裹脚的，但不知道详细，所以要问我怎么裹法，足骨变成怎样的畸形，还叹息道：“总要看一看才知道。究竟是怎么一回事呢？”

有一天，本级的学生会干事到我寓里来了，要借我的讲义看。我检出来交给他们，却只翻检了一通，并没有带走。但他们一走，邮差就送到一封很厚的信，拆开看时，第一句是：“你改悔罢！”

这是《新约》上的句子罢，但经托尔斯泰新近引用过的。其时正值日俄战争，托老先生便写了一封给俄国和日本的皇帝的信，开首便是这一句。日本报纸上很斥责他的不逊，爱国青年也愤然，然而暗地里却早受了他的影响了。其次的话，大略是说上年解剖学试验的题目，是藤野先生讲义上做了记号，我预先知道的，所以能有这样的成绩。末尾是匿名。

我这才回忆到前几天的一件事。因为要开同级会，干事便在黑板上写广告，末一句是“请全数到会勿漏为要”，而且在“漏”字旁边加了一个圈。我当时虽然觉得圈得可笑，但是毫不介意，这回才悟出那字也在讥刺我了，犹言我得了教员漏泄出来的题目。

我便将这事告知了藤野先生，有几个和我熟识的同学也很不平，一同去诘责干事托辞检查的无礼，并且要求他们将检查的结果发表出来。终于这流言消灭了，干事却又竭力运动，要收回那一封匿名信去。结末是我便将这托尔斯泰式的信退还了他们。

中国是弱国，所以中国人当然是低能儿，分数在

六十分以上，便不是自己的能力了：也无怪他们疑惑。但我接着便有参观枪毙中国人的命运了。第二年添教霉菌学，细菌的形状是全用电影来显示的，一段落已完而还没有到下课的时候，便影几片时事的片子，自然都是日本战胜俄国的情形。但偏有中国人夹在里边：给俄国人做侦探，被日本军捕获，要枪毙了，围着看的也是一群中国人，在讲堂里的还有一个我。

“万岁！”他们都拍掌欢呼起来。

这种欢呼，是每看一片都有的，但在我，这一声却特别听得刺耳。此后回到中国来，我看见那些闲看枪毙犯人的人，他们也何尝不酒醉似的喝彩——呜呼，无法可想！但在那时那地，我的意见却变化了。

到第二学年的终结，我便去寻藤野先生，告诉他我将不学医学，并且离开这仙台。他的脸色仿佛有些悲哀，似乎想说话，但竟没有说。

“我想去学生物学，先生教给我的学问，也还有用的。”其实我并没有决意要学生物学，因为看得他有些凄然，便说了一个安慰他的谎话。

“为医学而教的解剖学之类，怕于生物学也没有什么大帮助。”他叹息说。

将走的前几天，他叫我到他家里去，交给我一张照相，后面写着两个字道：“惜别”，还说希望将我的也送他。但我这时适值没有照相了；他便叮嘱我将来照了寄给他，并且时时通信告诉他此后的状况。

我离开仙台之后，就多年没有照过相，又因为状况也无聊，说起来无非使他失望，便连信也怕敢写了。经过的年月一多，话更无从说起，所以虽然有时想写信，却又难以下笔，这样的一直到现在，竟没有寄过一封信和一张照片。从他那一面看起来，是一去之后，杳无消息了。

但不知怎的，我总还时时记起他，在我所认为我师的之中，他是最使我感激、给我鼓励的一个。有时我常常想：他的对于我的热心的希望，不倦的教诲，小而言之，是为中国，就是希望中国有新的医学；大而言之，是为学术，就是希望新的医学传到中国去。他的性格，在我的眼里和心里是伟大的，虽然他的姓名并不为许多人所知道。

他所改正的讲义，我曾经订成三厚本，收藏着的，将作为永久的纪念。不幸七年前迁居的时候，中途毁坏了一口书箱，失去半箱书，恰巧这讲义也遗失在内了。责成运送局去找寻，寂无回信。只有他的照相至今还挂在我北京寓居的东墙上，书桌对面。每当夜间疲倦，正想偷懒时，仰面在灯光中瞥见他黑瘦的面貌，似乎正要说出抑扬顿挫的话来，便使我忽又良心发现，而且增加勇气了，于是点上一支烟，再继续写些为“正人君子”之流所深恶痛疾的文字。

写了一辈子春联的人

——徐　鲁

四十年前，我在胶东故乡即墨县的一个小山村里上学念书。徐立诰老师当时在村小学任教，是我的启蒙老师之一。他是我伯父的同学和好友，他们两人，再加上村里一位和我同辈的大哥延洵哥，是新中国成立后我们那个小村里最早的几位高中生，三个人同级毕业于店集镇上有名的“即墨二中”。这所中学创办于1952年，前身是坐落在黄海之滨的即东中学。1954年夏天，即东中学由金口迁往即东县的店集镇上，两年后，即墨、即东两县合并，即东中学随之改名为山东省即墨县第二中学。20世纪80年代，这所中学已是青岛市的重点中学。听我伯父讲，他们同学三人当年毕业后，相约着要去报名参军入伍，但最终只有我伯父和延洵哥如愿以偿，立诰老师因为家庭出身问题留在了村里，从此就在家乡村小学里当了一辈子的教书先生。

我在村小学念书时，立诰老师已是当地有名的“书法家”了，只是那时候还没有“书法家”这样的称呼。

现在回想起来，他那时候常写的书体，就有楷、隶、行、篆等。我们这一茬学生当时年龄尚小，但也大都受过他的影响，有意无意地模仿过他的字体。至少到我初中毕业离开家乡时，我写的字体里一直留有老师书体的影子。只是我是个不争气的学生，到现在也没有把毛笔字练好，辜负了老师的期望。

那时候，每年春节前夕，全村几乎家家户户都把买回的大红春联纸送到小学校里来，请徐老师书写春联。我们这些做学生的，就成了为他铺纸、研墨的“书童”。大红春联归老师亲自书写，有时候他也让我们这些小孩子“显显身手”，分工书写一些诸如贴在粮缸上的“五谷丰登”、贴在进门照壁上的“抬头见喜”、贴在水缸上的“年年有余”、贴在箱子上的“新衣满箱”之类带有吉祥和喜庆意味的小条幅。那个年月里，临近春节时，在外地工作的人都会陆续回家团聚，一家的归客，几乎也就是全村的归客，村边巷口，热热闹闹；人情怡怡，村庄内外总是充满了过年前令人喜悦的气氛，平日里邻里之间、孩子与孩子之间偶尔的不快，也都在这喜庆的气氛中化解了。立诰老师多才多艺，除了写春联，还写标语牌、刻蜡版、为电影队写幻灯片，等等，样样在行。多少年来，我们那个小山村，因为有了徐老

师这样一位心系乡梓、殷勤为家乡父老乡亲服务的乡村知识分子，也真算是有幸了。无怨无悔的徐老师，惠人多矣！

20 世纪 70 年代末，我跟随家人离开了故乡，在湖北念完了高中和大学。这期间我跟徐老师有过几次通信，还把我写的怀念故乡的诗歌习作寄给老师看过，不知老师是否还保存着这些书信和诗歌习作。如果还保存着，那应该算是我较早的一批“少作”了。90 年代有一年清明节，我伯父还在世时，我陪他回过一次故乡。巧的是，当时离开老家多年、已在郑州定居的延洵哥，也正回到村里探亲，他已有四十多年没有见过我的伯父——他少年时代的同学伙伴了。那天他站在村口，一眼就认出了已经白发苍苍的少年同学，大叫了声“四叔”，两个人就激动得热泪盈眶，紧紧拥抱在了一起。

这次回乡，他们三位老同学意外地在老家相聚，都很高兴。徐老师拿出了他各种书体的书法作品，一一展示给他的老同学和我看。我伯父虽然不是书法家，但他的毛笔字写得非常清正、漂亮。他给徐老师的书法提了几条建议，同时也给我这个晚辈布置了一个“任务”：如果能力所及，可以对外“推介”一下老师的书法作品。这其实也是徐老师心存多年的一个愿望：他很希望能够加入一个正规的书法家协会。

在这之前，老师常年居住村中，对于外面世界的唯利是图、喧嚣嘈杂的乱象，并不了然，所以没少被人蒙骗，参加了一些各种名目的书法大赛，也加入了几个莫名其妙的书法学会（当然前提的条件都是要“交费”若干）。我猜想，老师本来就不多的一点退休金，都被某些无良的机构和寡德的比赛给哄骗去了。老师把他收到的那些各种各样的获奖证书和聘任证书拿给我看，我心里清楚这是怎么一回事，可是也实在不忍浇冷老师心中的希望。当然，老师毕竟还是一位比较清醒的乡村知识分子，对于世风日下的现实，也并非全然不觉。记得有这样一件小事：老家清明节祭祖，有给先人“烧包袱”的风习，可是“包袱”上的文字该怎么写，我实在是不懂得。我伯父和老师当然都会写“包袱”。老师跟我说：“你少小离家，多年在外，不懂得老家的这些风俗和规矩，情有可原。可是你去东山上的墓地看看，多少墓碑上竟然都写着‘中华处士名讳某某之墓’，他爷爷一个大字不识，在村里种了一辈子的庄稼地，跟‘中华处士’压根儿就挨不上！”我听了这个，不禁哑然失笑。其实老家的乡亲给我的祖父立的墓碑上，刻的也是“中华处士名讳徐公之墓”云云。村中乡亲，对于墓

文碑铭，本来就不求甚解，但望故人“名头”又大又响亮，后人亦可以此炫人，所谓“光宗耀祖”。我知道，老师看不惯这些现象，但他已经无力说服村民，更不可能去改变当下花样百出、纷乱无序的世风了。

从故乡回来后，我开始计划着为徐老师做点“实事”。我先是从武汉的一位老朋友、金石学家梅春林先生那里讨来两小方石印。春林兄热心快肠，出面请武汉著名篆刻家、湖北中流印社副社长吴林星先生持刀治印，为我的老师刻了一枚名章、一枚闲章。接下来，我就想着怎样帮助老师去实现那个美好的愿望：加入省书法家协会。为此，我特意写信给住在济南的一位老朋友，老作家、著名小说《微山湖上》的作者邱勋先生，请他帮忙找一找山东省书法家协会的主事者，请他们看看我老师的书法作品。我选了老师的几幅书法作品，请邱先生交给省书协，还写了一封信去，介绍了我的老师大半生服务桑梓、教书育人、殷勤为方圆四邻的父老乡亲写字、普及书法文化的情况。邱勋先生良善厚道，一派长者风范，对我这个后辈总是有求必应。他不顾年迈体病，亲自去书协要来了表格，辗转寄给了我的老师，估计好话也没少说，真心想帮我玉成此事。奈何忙活和等待了好几个月，最终却是没能如愿，真是枉费了邱勋先生的一番劳碌。我感到很失望，不知道该怎样给老师解释他加入不了书协的原因。

十年前，我敬爱的伯父病逝，我为他的墓碑写了一副联语：“高风传故里，亮节照后人。”老师痛失了少年时代的同学挚友，自是倍感凄伤。前几年，与老师恩爱厮守了一辈子的师母，又先他而去，剩下老师一人独居，晚景更加孤独。所幸的是近些年来，承老家即墨市的一位热心公益事业的杜先生帮助，他和他所带领的“滴水公益爱心团队”对老师照顾有加，给老师的晚年送上了许多慰藉和温暖。不久前，我请尚未谋面的杜先生把老师的一些书法作品拍摄下来传给我，然后请一位美术编辑做了些整理、剪裁和编排，给老师印了一册《徐立诰书法集》，这也算是我力所能及的事情了。

我想，我的老师到了这个年纪，肯定也不在乎什么书法家和书法协会了。重要的是，他用他的一手好字，为家乡、为方圆四周的乡亲们服务了一辈子，赢得了众多乡邻的口碑和赞誉，这是比任何虚浮的荣誉更有意义也更能传之久远的懿范美德。有道是“天道酬勤”，想必书道亦会特别眷顾仁善之人。又近春节，不由得想起徐老师，这个写了一辈子春联的普通乡村教师。祝愿老师继续以笔墨为伴，颐养心神，安康长寿。

很高兴
遇见
你

HEN GAOXING
YUJIAN NI